Wolfspoker

Buch 1
Gestaltwandler in Vegas

Anna Lowe

Inhaltsverzeichnis

Weitere Titel in dieser Serie

Gestaltwandler in Vegas

Wolfspoker

Bärenpoker

Pantherpoker

Drachenpoker

www.annalowe.de

Kapitel 1

Trey stöhnte, beugte die Finger und fragte sich, wo er war. Kaum hatte er ein Auge einen Spalt geöffnet, schloss er es gleich wieder.

Verdammt, brummte ihm der Schädel. Was keinen Sinn ergab, weil sich der Rest seines Körpers seltsam befriedigt fühlte. So wohlig, als als hätte er Honig im Blut. Beinah so, als tauchte er gerade aus einem Whirlpool auf statt aus verschwommenen Erinnerungen an die vergangene Nacht.

Er sollte wirklich die Augen öffnen und sich umsehen. Allerdings sagte ihm ein Bauchgefühl, dass die Wirklichkeit weniger schön sein würde. Viel lieber wollte er in den Traum zurückkehren – den von der Rothaarigen, die ihm über den Rücken kratzte und dabei seinen Namen stöhnte. Das konnte nur besser als die Realität sein, in der er schließlich aufwachen musste.

Denn Mist: Er wusste nicht mal, in welcher Stadt oder Ortschaft er sich befand.

Las Vegas, brummte sein innerer Wolf. *Und es ist Nacht. Kein Vollmond, also halt die Klappe und schlaf weiter.*

Las Vegas. An den Teil erinnerte er sich. Aber der Rest... blieb irgendwie verschwommen. Das Stimmengewirr einer Menschenmenge, die elektrischen Laute von Spielautomaten, das Mischen von Karten. Dazu das leise Klimpern von Casinochips – ein hoher Stapel neben seiner linken Hand. Und dahinter zwei lagunengrüne Augen, wie er sie noch nie gesehen hatte. Wie in morgendlichem Licht funkelndes Meeresglas.

Sein Wolf seufzte verträumt, und sein Puls beschleunigte sich leicht.

Gott, wie viel hatte er bloß getrunken? Was hatte er letzte Nacht getrieben?

Er schob die Hand unter die Laken – frische, weiße Hotellaken – und ertastete etwas Warmes. An der Oberfläche warm und weich, darunter jedoch herrlich straff. Etwas, das förmlich darum bettelte, gestreichelt zu werden… bewundert und vielleicht sogar geküsst zu werden.

Er rutschte etwas näher hin und ließ die Augen geschlossen, weil sein Hirn eindeutig noch nicht bereit für visuelle Eindrücke war. Sein Schädel pochte nach wie vor, seine Erinnerungen glichen einem Puzzle.

Grüne Augen. Rotbraunes Haar. Ein für die Sünde geschaffener Mund. Daran erinnerte er sich. Nur wollten sich die Merkmale nicht vernünftig zusammenfügen. Was herauskam, erinnerte an eines dieser verzerrten Picasso-Gesichter.

Seine Hand glitt über eine Kurve und erreichte etwas noch Weicheres. Ein glücklicher Laut ertönte.

Eine Frau.

Hm.

Kopfschmerzen *und* eine Frau. In Las Vegas. Warum überraschte ihn das nicht?

Während der menschliche Teil seines Verstands nach einer Erklärung suchte, gähnte sein innerer Wolf und bewog ihn, die Frau näher zu sich zu ziehen. *Mein. Ganz mein.*

Seine menschliche Seite stöhnte, sein Wolf hingegen ließ ein zufriedenes Brummen vernehmen, das sich durch seinen gesamten Körper ausbreitete.

Etwas in seinem Gehirn klickte, und statt sich wegzurollen, schmiegte er sich näher hin. Kuschelig dicht, damit er ihren Lavendelduft einatmen konnte. Er zermarterte sich das benebelte Hirn nach ihrem Namen, kam jedoch einfach nicht darauf. Verflixt. Cindy? Laura? Tara?

Sein Körper schien ihren eindeutig zu kennen, denn ihre Beine verhedderten sich nicht linkisch, sondern verschmolzen eher ineinander.

Gefährtin, brummte sein Wolf.

Trey schüttelte den Kopf. Er mochte dumm genug sein, sich in Las Vegas zu betrinken. Leichtsinnig genug, eine ihm unbekannte Frau in ein Hotelzimmer mitzunehmen. Durchgeknallt genug zu glauben, dass sie gut zusammenpassten. Aber er war nicht völlig verrückt. Weder wollte noch brauchte er eine Gefährtin. Verdammt, er glaubte noch nicht mal an vom Schicksal vorherbestimmte Gefährten.

„Trey...“, murmelte sie.

Gut, dass sein Wolf ein lustvolles Knurren beisteuerte, denn er hatte keine Ahnung, was er sagen sollte... Auch keine Ahnung, warum sein gesamter Körper für sie Feuer und Flamme zu sein schien, nicht nur sein bestes Stück... Und erst recht hatte er keine Ahnung, warum sich diese Nacht wie ein bedeutender Meilenstein anfühlte, nicht bloß wie eine beliebige Nummer in der Kiste.

Verdammt. Vielleicht hatte er nicht nur getrunken, sondern auch irgendeinen schrägen Scheiß geraucht, denn seine Seele schluchzte und jubilierte gleichzeitig. Ein hemmungsloses, euphorisches Schluchzen wie von jemandem, der etwas findet, das er für immer verloren geglaubt hat.

Was Trey seltsam vorkam, weil er nichts verloren hatte. Ebenso wenig suchte er nach etwas – es sei denn, man zählte dazu den sechswöchigen Roadtrip und ein bisschen Spaß, bevor er mit einem neuen Job an der Ostküste sesshaft werden wollte.

Oh Mann, was hatte der Trucker recht gehabt, der ihn nach Las Vegas mitgenommen hatte. *In Vegas muss man sich vorsehen, Junge...*

Schließlich nahmen auch Treys Augen den Anblick der Frau wahr und es verschlug ihm den Atem. Glänzendes kastanienbraunes Haar lag über das Kissen ausgebreitet und schimmerte so kraftvoll, dass es zu strahlen schien. Eine Reihe perfekter, elfenbeinfarbener Zähne blitzte bei einem seligen Lächeln auf. Die hohen Wangenknochen einer Audrey Hepburn warfen Schatten auf das Gesicht und bildeten eine eigene Landschaft.

Als auch sie gemächlich die Lider öffnete, stockte ihm der Atem erneut. Es fühlte sich an, als hätten sich die Wolken am Himmel geteilt und ließen die Sommersonne herabscheinen, die alles mit Glück und Licht erfüllte.

Ja, er musste vergangene Nacht tatsächlich irgendetwas komisches geraucht haben. Aber bei Gott, vorläufig würde er sich mit dem Strom treiben lassen, denn er hatte sich noch nie so gut gefühlt. Die einzige Wahrnehmung, die nicht in Flammen stand, war sein seltsam gedämpfter Geruchssinn, der noch zu dösen schien. Obwohl er die Nase nicht brauchte, um *das* zu genießen.

„Trey... “ Sie zog ihn näher.

Es fühlte sich an wie in einem dieser durchgeknallten griechischen Mythen, die er in der fünften Klasse lesen musste. Eine Göttin kam auf die Erde, um einen arglosen Hirten zu vögeln, auf den sie ein Auge geworfen hatte. Und löste damit eine Reihe unvorhergesehener Ereignisse aus. Zum Beispiel verärgerte sie ihren unsterblichen Göttergatten, der Stürme heraufbeschwor, Flüsse über die Ufer treten ließ und die Jahreszeiten dauerhaft veränderte, um den armen Teufel zu vernichten, der bis zu den Nüssen in himmlische Angelegenheiten geraten war. Ein Gott, der die Welt aus Rache für immer verändert hatte.

Trey versuchte, den verrückten Gedanken abzuschütteln, ein Teil jedoch blieb hängen – der mit der für immer veränderten Welt. Zumindest galt das für seine Welt.

„Kaya... “ Er stöhnte und gestattete sich ein lächerlich stolzes Grinsen. Er kannte ihren Namen doch noch. Also war er kein totaler Arsch. Nur ein chaotischer Kerl, der sich fragte, wie er den Himmel in einer Stadt gefunden hatte, die eher die Hölle zu sein schien.

Als sie die Lider schloss, jagte sie ihm damit eine Heidenangst ein. Was, wenn es sich um einen Ausdruck von Bedauern handelte? Von Ablehnung? War es ein Vorbote des Abschieds?

Sicherheitshalber verstärkte er den Griff um sie.

Behutsam drehte sie sich in seinen Armen, nicht ganz eine Flucht, aber auch nicht restlos entspannt. Sie schmiegte sich in dieselbe Löffelchenstellung, mit der diese verrückte Nacht begonnen hatte.

Nur hatte es nicht wirklich damit angefangen. Trey zermarterte sich das Hirn und versuchte, sich an mehr zu erinnern. An irgendetwas.

Nur konnte er sich auf nichts konzentrieren, weil das Gefühl von ihr in seinen Armen wie eine Droge wirkte. Und so schlief er wieder selig ein, obwohl tausend Fragen seinen benebelten Verstand bestürmten.

Kapitel 2

Trey träumte von Roulette und Spielautomaten. Von Assen, von einer Herzdame und einem Pik-König...

Abrupt erwachte er und tastete in der Dunkelheit nach Kaya.

Er streckte sich weiter, doch sie war nicht da.

Da sich die Laken noch warm anfühlten, konnte sie nicht weit sein. Aber wohin war sie gegangen?

Die Vorhänge flatterten in der schwachen Wüstenbrise, und er rollte sich in Richtung des Balkons herum. Erleichtert seufzte er, als er Kaya aufs Geländer gestützt die Sternen betrachten sah. Zumindest so viel an Sternen, wie man angesichts der Lichter einer Stadt erkennen konnte, in der die Grenze zwischen Tag und Nacht verschwamm.

Kaya zeichnete sich wie eine Elfenbeinstatue vor dem nächtlichen Himmel ab, gemeißelt von einem meisterhaften Künstler, der seine Modelle drahtig, groß und kraftvoll bevorzugte. Zugleich jedoch feminin dank der leichten Kurven und der Haltung der Hüften.

Dieselben Hüften hatte Trey erst vor Kurzem bei einem herrlichen Samba in der Horizontalen an seine gepresst.

Da er sich nicht entscheiden konnte, ob er diese geheimnisvolle Göttin lieber still bewundern oder zurück an seine Seite rufen wollte, beobachtete er sie einfach. Wer war sie? Was tat sie in Las Vegas? Wo wollte sie als Nächstes hin?

Tausend Fantasien liefen in seinem Kopf ab. Vielleicht befand sie sich auch auf einem Roadtrip. Wie er unterwegs nach Westen, zum ersten Mal zur Pazifikküste. Vielleicht könnten sie zusammen reisen. Vielleicht könnte er mehr von ihr kennenlernen als die schlanken Linien ihres Körpers und das Schaudern ihres Atems, wenn er sich in ihr bewegte. Vielleicht viel mehr als die Art, wie sie die Unterlippe zwischen die Zähne klemmte oder wie ihre Augen sein Innerstes zum Jauchzen brachten. Vielleicht...

An der Tür ertönte ein Kratzen. Abrupt setzte sich Trey auf und spitzte die Ohren.

„Pst. Knack das Schloss", flüsterte draußen jemand.

„Tritt zurück", gab eine tiefe Stimme zurück. Eine Stimme, wie sie zu einem großen, hemdsärmeligen Rausschmeißer passte.

Ein Mensch hätte die Geräusche vermutlich verschlafen, aber Treys Wolfsohren verstanden jedes Wort.

„In zwei Minuten gehören die Moneten uns."

Treys Ohren zuckten. Moneten? Welche Moneten?

„Ja", antwortete die andere Stimme. „Und das Kopfgeld auch."

Trey warf einen Blick zu der Frau, die angespannt wie eine Zugfeder dastand.

Aus dem Nichts tauchte eine Erinnerung auf und klatschte ihm gegen den Hinterkopf. Karten... Poker... Chips... Eine ganze Menge Chips, verteilt auf ungleichmäßige Stapel. Zwei Hände, die sich danach streckten und sie in Richtung seiner Brust zogen. *Seine* Hände, denn an der rechten erkannte er die kleine Narbe an den Knöcheln.

Anscheinend hatte er vergangene Nacht in mehr als einer Hinsicht Glück gehabt. Mit den Karten *und* mit einer Frau.

Sein Magen krampfte sich zusammen, als er blinzelnd in die Realität zurückkehrte und Kaya musterte. Was, wenn nur das Geld sie zu ihm gelockt hatte?

Mach dich nicht lächerlich. Sein Wolf schnaubte. *So ist sie nicht.*

Trey runzelte die Stirn. Als ob das Tier ihren Charakter durch ein paar heiße, leidenschaftliche Runden Matratzensport beurteilen könnte.

Himmlischer Matratzensport, ergänzte der Wolf. *Und glaub mir, so ist unsere Gefährtin nicht.*

Genau. Sie war mit einem Wildfremden in die Kiste gesprungen. Was sagte das über sie aus?

Ein Jucken bildete sich in seinem Nacken. Was sagte das über ihn aus?

Sie starrten sich gegenseitig an. Ihre Augen leuchteten in der Dunkelheit.

Dann klapperte der Türknauf erneut, und der Mann draußen fluchte. Unwillkürlich schaute Trey hin.

Kaya wirbelte herum, und Treys Kopf schnellte zurück in ihre Richtung. Wonach hatte sie Ausschau gehalten, als sie sich so über das Balkongeländer gelehnt hatte?

Nach einer Fluchtmöglichkeit, du Trottel, begriff ein entfernter Teil seines Verstands.

Trey sprang aus dem Bett und streckte sich zu voller Größe. Die zum Glück beachtlich war, denn was er vor der Tür vermutete, würde wohl auch verdammt groß und kräftig sein.

Mit geblähten Nasenflügeln schnappte er einen moschusartigen Höhlengeruch auf. Mist. Bei den beiden Kerlen draußen handelte es sich um Bärengestaltwandler.

Als er ein Schrammen vom Balkon hörte, schaute er dorthin zurück. Es fühlte sich an, als beobachtete er ein verdammtes Tennismatch zwischen der Tür zu seiner Rechten und dem Balkon zu seiner Linken. Auf dem Balkon schnappte sich Kaya eine Segeltuchtasche, die Trey verdächtig bekannt vorkam, und zog sich einen Stuhl zum Geländer.

Und kletterte auf das Geländer.

Jeder Nerv in seinem Leib brüllte auf. *Heilige Scheiße!*

Er stürmte zu ihr. „Nicht springen!"

Trey hatte keine Ahnung, in welchem Stockwerk sie sich befanden. Aber selbst ein heruntergekommenes, veraltetes Hotel wie dieses musste hoch genug sein, um draufzugehen.

Kaya jedoch beugte sich nur noch weiter über den Rand.

„Halt!" Er kämpfte sich an den Vorhängen vorbei und stolperte über die Bodenschiene der Schiebetür.

Kaya balancierte auf dem Geländer, während sie in die Tiefe blickte.

„Nicht!" Trey rappelte sich auf und streckte sich nach ihr.

Vielleicht sagte sie etwas, aber er konnte nur das wilde Hämmern seines Herzens hören.

Alles lief in verschwommener Zeitlupe ab. Kayas Zehen rollten sich auf Augenhöhe um das Geländer ein. Die Arme hielt sie seitlich von sich gestreckt. Unter einem baumelte die Tasche. Ihr Haar wehte im Wind, als befände sie sich am Ufer eines Sees, nicht mehrere Stockwerke über dem Erdboden in luftiger Höhe. Mindestens sechs Stockwerke, entschied Trey, als er über das Geländer spähte. Unten wartete auch kein Swimmingpool darauf, seine Geliebte aufzufangen – nur ein verdreckter Parkplatz.

Seine Kniesehnen brüllten auf, als er sich abstieß und vorwärts hechtete. Seine nackten Fußsohlen spürten die Kälte des gefliesten Bodens. Verzweifelt streckte er sich an ihren Fingern vorbei, um ihr Handgelenk zu fassen zu bekommen.

Der Geruch der offenen Wüste stieg ihm in die Nase und schien sein Bemühen zu verhöhnen, dem Tod ein Schnippchen zu schlagen.

Kaya ging in die Knie, richtete sich auf, und ihre Füße hoben vom Geländer ab. Sie befand sich in der Luft.

Ihre Finger glitten an seinen vorbei. Einen herrlich hoffnungsvollen Moment lang spürte seine Hand ihre Wärme. Dann fasste sie ins Leere, und sein Herz hämmerte wild gegen den Brustkorb.

Trey prallte gegen das kalte Metall des schmiedeeisernen Geländers und beugte sich darüber, streckte sich immer noch.

„Nein!", brüllte er aus tiefster Seele, als wäre Kaya keine völlig Fremde, sondern seine engste, älteste Freundin.

Sein Schrei hallte in seinen Ohren wider, als er beobachtete, wie sie in den sicheren Tod raste.

Allerdings fiel sie nicht, wie man es aus Filmen kannte. Nicht steif und wie ein Stein, als wäre sie schon tot. Ebenso wenig krallte sie durch die Luft und suchte nach nicht vorhandenem Halt. Kein Kreischen, kein Fuchteln.

Nein. Stattdessen schien sie zu schweben wie der anmutigste Schwan, den er je gesehen hatte. Die Arme ausgebreitet, die Beine gerade, der Körper durchgebogen. So perfekt, dass er beinah noch einmal nachgesehen hätte, ob es unten vielleicht doch einen Pool gab.

Dann spreizte sie die Arme weiter, und er blinzelte, weil es mehr nach dem kontrollierten freien Fall eines Fallschirmspringers aussah als nach einem tödlichen Sturz. Wie ein Gleiten mit so breiten Schultern, dass sie wirkten, als könnten sie sich zu Flügeln erweitern. Die Füße lagen so eng aneinander an, dass man sie für einen Schwanz hätte halten können.

Trey umklammerte das Geländer fester, während er hinstarrte. Schatten sprenkelten ihren Körper, bis er glaubte, sich etwas einzubilden. Ihre Arme wirkten unnatürlich weit ausgebreitet. Ihre Finger waren so lang, dass er jeden einzelnen erkennen konnte.

Kaya?

Trey blinzelte verdutzt, als seine vermeintlich todgeweihte Angebetete in einem langen, anmutigen Bogen nach oben schwebte. Ihre Haut wurde zäh, ledrig, ihre Arme verwandelten sich in Flügel. Ihr Schwanz peitschte durch die Luft, ihre Flügel schlugen, und sie schoss wie ein Pfeil empor.

Trey glotzte hin, als ihm die Wahrheit allmählich dämmerte. Seine geheimnisvolle Geliebte war eine Drachengestaltwandlerin. Eine wunderschöne, zierliche Drachendame mit rötlich-schwarzen Schuppen.

Er hob die Hand an die Nase und schnupperte, ließ ihren Duft auf sich wirken. Da die Mischung von Sex und Lust überwog, nahm er den Gestaltwandleranteil nur schwach wahr. Welche Droge er auch eingeworfen hatte, sie musste vor allem seinen Geruchssinn getrübt haben, da ihm die Gestaltwandlernote bisher völlig entgangen war.

Und nun war es zu spät.

Kaya schwenkte den Hals nach Norden. Der lange Körper folgte mit einem mühelosen Flügelschlag. Der Schwanz wölbte sich, der Körper spannte sich an, und sie flog hinter einen Wolkenkratzer außer Sicht. Auf der anderen Seite schoss sie wieder hervor, ehe sie mit der Tasche fest in einer Klaue in Richtung der Kugel des fast vollen Mondes aufstieg.

Trey umklammerte das Geländer so verkrampft, als baumelte er auf der anderen Seite daran. So sehr er die Augen bemühte, der Nachthimmel hatte Kaya bereits verschluckt.

Einen Herzschlag später ließ er sich am Balkon auf den Hintern plumpsen.

Geliebte... Drachendame...

Drachendame mit einer Tasche...

Moment. Seine Tasche? Die Tasche, in der er sein Geld verstaut hatte?

Stöhnend hielt er sich den Kopf. Allerdings gerade mal für zwei Sekunden, dann flog nämlich die Tür zum Zimmer auf, und zwei Gestalten stürmten herein. Menschlich, abgesehen von den Fängen.

Der linke Neuankömmling sank in geduckte Angriffsposition. Der rechte grinste breit und marschierte mit forschen Schritten vorwärts.

„Wolf", brummte der Kerl und schlug sich zum Aufwärmen mit der Faust in die eigene Hand. „Du wirst gleich bereuen, je nach Las Vegas gekommen zu sein."

Um ein Haar hätte Trey geschnaubt. Bereuen, nach Vegas gekommen zu sein? Das tat er längst.

Kapitel 3

Kaya flog eine enge Schleife und versuchte, den Kopf frei zu bekommen. Sie neigte einen Flügel, warf sich in eine Fassrolle und stieg dann geradewegs in Richtung des Mondes auf. Aber egal, was sie versuchte, überall an ihrem Körper kribbelte es – und nicht von der Verwandlung.

Verdammt! Das Kribbeln, das sie nicht loswurde, verdankte sie *ihm*. Und es entsprach überhaupt nicht dem, was sie für die Nacht geplant hatte.

Aber Mist: Nichts war nach Plan verlaufen. Sie hatte es lediglich auf leicht verdiente achtzigtausend Dollar abgesehen gehabt. Sex war nie vorgesehen gewesen. Es hätte ein einfacher Job werden sollen, schnell rein, schnell raus...

Abrupt kappte sie den Gedanken und verzog das Gesicht zu einer Grimasse. Ungünstige Wortwahl. Denn irgendwie war die gesamte Nacht geprägt von einem heißen Rein und Raus gewesen. Nur nicht in dem Sinn, dass sie schnell ins Casino rein- und später um mehrere Tausender reicher wieder rausgegangen war. Nein – rein und raus hatte sich nur Trey auf ihrem Körper bewegt. Und hatte dabei ihre Hände gehalten, als wollte er sie nie wieder loslassen. Er hatte ihren Körper nicht bloß erkundet, er hatte ihn geradezu angebetet. Dabei hatte er ihr in die Augen gesehen, als wäre er genauso gebannt wie sie von der Magie, die in dieser Nacht zwischen ihnen entstanden war.

Sie stürzte sich in eine weitere Fassrolle und nutzte die Gelegenheit, um sich mit dem linken Flügel etwas Luft zuzufächeln, denn allein beim Gedanken an den betörenden Fremden wurde ihr wieder entschieden zu heiß.

Kein gewöhnlicher Mann. Ein Wolf, erinnerte die leise Stimme in ihrem Hinterkopf sie.

Ein Wolfsgestaltwandler, der genau wie der geheimnisvolle Unbekannte aus ihren lustvollsten Fantasien aussah. Kaya hatte immer gedacht, jenes Gesicht wäre lediglich ihrer Vorstellungskraft entsprungen. Plötzlich war sie davon nicht mehr so überzeugt.

Sie hatte ihn von dem Moment an beobachtet, als er das Casino betreten hatte. Wie hätte sie einen solchen Mann *nicht* im Auge behalten können? Einen Mann, der sich wie ein Löwe in der Savanne bewegte oder wie ein Boxer auf dem Weg zum Ring. Einen Mann, dessen Aura ihm wie zwei Leibwächter vorausging, die riefen: *Aus dem Weg! Aus dem Weg!*

Natürlich brauchte er keine Leibwächter, nicht mit einer solchen Statur. Die Leute waren unterbewusst vor den breiten Schultern und kraftvollen Beinen zurückgewichen, als gäben sie den Platz für eine Herde anstürmender Stiere frei.

Ein Mann mit Geduld, Verstand und einem liebenswerten Hauch von Unschuld. Er hatte mehrere Runden um die Pokertische gedreht, beobachtend, abwartend, still observierend. Als er sich schließlich für einen entschied, ließ er sich auf einem freien Stuhl nieder wie ein Stierreiter, der sich in die Startbox hinabließ. Wachsam. Selbstbewusst. Bereit für den Ritt seines Lebens. Unglaublich blaue – pfauenblaue – Augen beobachteten den Kartenstapel so eingehend, als besäße er einen Röntgenblick und könnte erahnen, was als Nächstes kommen würde. Dabei zählte er weder die Karten, noch zog er einen anderen der üblichen Tricks ab, denn er schaute nur einmal auf sein Blatt, traf eine Entscheidung und lehnte sich abwartend zurück.

Lass sehen, was du für mich hast, Schicksal. Das besagte seine Körpersprache dabei.

Nicht: *Nehmt euch in Acht, ihr Trottel, ich habe noch ein Ass im Ärmel.*

Nur ein einziges Mal hatte er einen Trick eingesetzt – als er aufgeschaut und ihrem Blick begegnet war. Eigentlich hatte er ihn eher *gebannt*, denn trotz der Entfernung von sechs Metern konnte Kaya ihn danach nicht mehr von ihm lösen. Und verdammt, er anscheinend nicht von ihr. Sein Mund klappte auf, als wäre ihm etwas wie sie noch nie zuvor untergekommen.

Und dabei hatte er sie gar nicht in Drachengestalt gesehen.

Nur als Kaya. Assistentin eines Tierarztes mit glattem Haar, kleinem Busen und dem Hang, die Stirn zu runzeln, wenn sie nachdachte.

Mit weit ausgebreiteten Flügeln nutzte sie einen Aufwind und versuchte, ihren rasenden Puls zu bändigen.

Und wenn schon. Hatte sie eben einen attraktiven Mann gesehen. Einen attraktiven Mann, der durch seine Glückssträhne zu ihrer Zielperson jener Nacht geworden war.

Nur war es nicht so unkompliziert gewesen, denn sie hatte ihn nicht als Einzige beobachtet. Auch die beiden Kopfgeldjäger hatten ihn ins Visier genommen. Bei ihren Besuchen des Casinos in den letzten Tagen hatte Kaya sie schon in Aktion erlebt. Als der Größere nah an ihr vorbeigelaufen war, hatte sie den Bärengestank aufgeschnappt. Nicht den reinen Waldgeruch, den der gutaussehende Wolfsgestaltwandler verströmte, sondern den aufdringlichen Mief einer feuchten, schmutzigen Winterhöhle.

Kaya hatte beobachtet, wie sich die Aufmerksamkeit der beiden Brutalos von einem schmächtigeren Kerl auf ihn verlagert hatte. In ihren Augen hatten praktisch Dollarzeichen aufgeleuchtet wie bei den Spielautomaten nebenan. Sie rekrutierten für die Kampfgruben. Und ein Wolf wie Trey wäre ein perfekter Kandidat. Er würde lang und hart kämpfen. Vielleicht würde er in den Gruben sogar mehrere Wochen überleben. Damit könnte er den Buchmachern und ihren Männern fürs Grobe etliche Tausende Dollar einbringen.

Die Kampfgruben galten als das bestgehütete Geheimnis von Las Vegas. Oder zumindest als eines der vielen Geheimnisse der Stadt. Eine Arena, in der Wetten nicht mit Karten, sondern mit Leben gewonnen und verloren wurden. Dem Leben von Tieren, dem Leben von Gestaltwandlern. Danach zu urteilen, was Kaya aus geflüsterten Gerüchten hinter vorgehaltener Hand aufgeschnappt hatte, waren die Arenen im alten Rom ein Dreck im Vergleich zu den Kampfgruben gewesen.

Der große Kopfgeldjäger hatte sich an ihr vorbeigedrängt, sich rechts am Tisch aufgestellt und Trey beim Entgegennehmen seiner Karten beobachtet. Nach einer Weile schniefte der Mann und nickte.

Kaya folgte dem Blick des Kopfgeldjägers zum anderen Ende des Tisches. Wem gab er ein Zeichen?

Wohl eher nicht der magersüchtigen Rehgestaltwandlerin mit dem langen Haar und den unechten Möpsen. Sie war zu beschäftigt damit, ihren Sugar Daddy zu umgarnen, einen rein menschlichen Glatzkopf. Auch nicht dem abgerissenen Werbären, der in Richtung der Spielautomaten stapfte. Ebenso wenig dem Einhorngestaltwandler, der in einem etwas zu engen Smoking vorbeistolzierte.

Nein, der große Kerl hatte unscheinbar einem zweiten Bärengestaltwandler zugenickt. Einem dünneren, der den braunen Anzug der Angestellten des Casinos trug. Er nickte zurück, verschwand und kam zwei Minuten später mit einem Tablett voller Getränke zurück. Kaya hätte ihr Leben darauf verwettet, dass einer der Drinks manipuliert war.

„Whiskey, Sir?"

Der heiße Typ nickte abwesend, tauschte zwei Karten aus und bekam nicht das Geringste mit. Nach wenigen Runden hatte er das Glas geleert.

Herrgott. Hatte denn niemand diesen Cowboy vor Las Vegas gewarnt? Er musste Pokern wohl in einer Schlafbaracke auf einer Ranch gelernt haben, nicht in einem verschlagenen Ort wie einem Casino, wo nach eigenen Regeln gespielt wurde.

Bei seinem Gestaltwandlerstoffwechsel würde die Droge eine Weile brauchen, um ihre Wirkung zu entfalten, aber letztlich würde sie einsetzen. Die Kopfgeldjäger würden warten, bis er nicht mehr klar sehen könnte, dann würden sie zuschlagen, und er würde in einem Verlies fünf Stockwerke unter der Erde aufwachen, um anschließend in die Gruben geworfen zu werden.

Wie konnte er so naiv sein?

Allerdings erging es ihr nicht besser, denn sie ertrank in den blauen Tiefen seiner Augen. Als wäre auch sie unter Drogen gesetzt worden. Berauscht von seinen Augen, seinem Duft, seiner sanften Berührung. Oh Gott, was hatte sie getan?

Sie schnaubte ihre Frustration in die Nacht und – *wow!*

Ein dünner Feuerstrahl schoss aus ihrem Mund.

Heilige Scheiße.

Vor Verblüffung geriet sie kurzzeitig aus dem Takt und musste die Flügel ausschütteln, bevor sie wieder synchron schlugen. Das Feuer ihres Drachenclans war vor Generationen erloschen. Mittlerweile konnten nur noch die Mächtigsten ein gutes, altes Inferno heraufbeschwören, das ganze Scheunen zu verschlingen vermochte. Kaya war noch nie mehr gelungen als ein ausgehustetes Flämmchen, das jedes Mal fast so schnell erlosch, wie es entstand. Babyflammen, die nach Asche schmeckten und nach faulen Eiern stanken – und selbst das bekam sie nur in besonders aufgewühltem Zustand hin.

Ihr Großvater war ein Füllhorn von Geschichten über alte Drachentraditionen gewesen. *Feuer wird nicht durch Gier oder Verlangen entfacht,* hatte er ihr einmal vor Jahren erklärt, als sie Seite an Seite geflogen waren. *Feuer entsteht durch Liebe und wahre Überzeugung...*

Kaya schnaubte. Genau. Liebe. Sie kannte den Mann ja kaum, mit dem sie geschlafen hatte.

Den geradezu lächerlich attraktiven Mann mit der Stimme, die etwas tief in ihrer Seele ansprach.

Sie flog in Richtung der purpur-braunen Berge in der Ferne und fragte sich, warum sie sich so aufgewühlt fühlte.

Wegen ihrer Schwester. Das musste es sein – Angst um ihre Schwester, denn an dem Mann konnte es nicht liegen. Auf keinen wie auch immer gearteten Fall.

Sie folgte einer Biegung im ersten Tal und sank in eine Schlucht hinab. Mit einem kräftigen Flügelschlag stieg sie höher auf und setzte zur Landung auf einem Felsvorsprung an der Südseite an. Dort hatte sie sich für die Dauer ihres Aufenthalts in Las Vegas einen vorübergehenden Hort eingerichtet, um in Ruhe zu überlegen, was sie wegen ihrer Schwester unternehmen sollte.

Da sie die Tasche in den Klauen hielt, musste sie einfüßig landen. Sie verwandelte sich so schnell, dass sie auf menschlichen Füßen zum Stehen kam. Dann rollte sie die Schultern, als sich der letzte Rest ihrer Flügel unter die Haut zurückzog. Anschließend legte sie den Kopf mit knackenden Lauten abwechselnd nach links und nach rechts schief. Sie beugte und streckte mehrmals die Finger und schloss die Augen, um sich an das Gefühl zu gewöhnen, wieder durch eine kürzere Luftröhre zu atmen.

Über der Wüste brach gerade die Morgendämmerung an, ein atemberaubender Anblick. Zartes, gelbliches und rosa Licht drang über die Hügel und arbeitete sich Zentimeter für struppigen Zentimeter tiefer in die Täler vor. Irgendwo links stieß eine Eule einen Ruf aus, als wollte sie sich von der Nacht verabschieden.

Ein wunderschöner Tagesbeginn. Warum also krampfte sich ihr Magen zusammen?

Kaya setzte sich auf einen Felsbrocken, leerte die Tasche und zählte die Scheine erst einmal, dann noch mal.

„Siebenundachtzigtausend... achtundachtzigtausend...“ Kaya zählte laut und sagte sich vor, dass es real war. Sie hatte genug. Mehr als genug, wie sich herausstellte. Insgesamt neunzigtausend.

Nachdem sie die Faust triumphierend in die Luft gestreckt hatte, wollte sie die Hand in die Gesäßtasche schieben, ertastete jedoch nur nackte Haut.

Ihr stockte der Atem, und das kurze Hochgefühl, das noch durch sie strömte, verwandelte sich schlagartig in Eis.

Ihre Kleidung. Ihre Jeans. Ihr Handy...

Sie hatte alles im Hotelzimmer zurückgelassen.

Das Blut in ihren Adern schien langsamer zu fließen. Sie war doch nicht etwa wirklich so unachtsam gewesen, oder?

Oh Gott. Doch, war sie. Kaya hatte nur die Tasche mit dem Geld auf den Balkon mitgenommen, um es überschlagsmäßig zu zählen, während Trey schlief. Sie hatte – ganz ehrlich! – fest vorgehabt, sich nur zu nehmen, was sie brauchte, und ihm den Rest zu überlassen. Natürlich hätte sie unmöglich ahnen können, dass die Kopfgeldjäger ausgerechnet in dem Moment auftauchen und Trey wecken würden.

Trey, in seiner ganzen nackten Pracht. Trey, der sich den Schlaf aus den Augen geblinzelt hatte.

Trey, dessen Augen tellergroß geworden waren, als er gesehen hatte, wie sie zum Absprung ansetzte.

Ihr Herzschlag beschleunigte sich, als vor ihrem geistigen Auge alles noch einmal ablief.

Wie ein Olympionike war er in ihre Richtung gehechtet und hatte sich nach ihr gestreckt. Furchtsam hatte er aufgeschrien, wie sie noch nie zuvor einen Mann schreien gehört hatte. Nicht vor Angst um sich selbst, sondern um sie.

Und was hatte sie getan?

Vor lauter Scham schloss Kaya die Augen. Sie hatte sich das Geld gekrallt und war damit davongeflogen. Buchstäblich.

So sehr sie auch schluckte, der Kloß in ihrem Hals wollte nicht verschwinden.

Schließlich schüttelte sie den Kopf und ermahnte sich streng. Es zählte nur das Geld für ihre Schwester. Bestimmt hätte Trey es ihr gegeben, wenn sie die Gelegenheit gehabt hätte, ihm zu erklären, warum sie es so dringend brauchte. Oder? Erst recht, wenn sie betont hätte, warum er ihre einzige Hoffnung verkörperte.

Als sie sich räusperte, nahm sie immer noch den Aschegeschmack des Feuers wahr. Trey hatte diese Tausender mühelos gewonnen. Genauso leicht könnte er ein paar weitere gewinnen, nicht wahr?

Kaya musste diesen Hottie aus dem Kopf bekommen. Sie musste nach vorn schauen, denn das Letzte, was sie im Leben gebrauchen konnte, war ein zockender Wolf. Sie musste sich konzentrieren und mit ihrem Plan fortfahren.

Einem Plan, der ihr Telefon, eine nicht eingetragene Nummer und einen Haufen Bargeld erforderte.

Und verflixt, sie hatte nur eins davon, denn das Handy und die Nummer befanden sich bei ihren Klamotten im Hotelzimmer.

Sie ließ sich so wuchtig auf den Felsbrocken plumpsen, dass es schmerzte. Was sie für ihre Dummheit durchaus verdiente.

Tränen traten ihr in die Augen. Zornig blinzelte Kaya sie weg, weil sie ihr nicht weiterhelfen würden. Was sie stattdessen brauchte, war ein Plan. Ein neuer Plan

Stöhnend stützte sie den Kopf in die Hände.

Ein Plan, der bedeutete, dass sie mit Hottie doch noch nicht fertig war.

Kapitel 4

Trey schaute nach links und rechts, bevor er durch die Hintertür hinaushuschte. Draußen in der Gasse schienen selbst im morgendlichen Schatten sengende fünfunddreißig Grad Celsius zu herrschen. Er schulterte seinen Rucksack und sah auf die Armbanduhr, die er sich gerade noch schnappen konnte, nachdem er die beiden Typen im Hotelzimmer gegen die Wand gestoßen hatte und zur Tür hinaus geflüchtet war.

Sieben Uhr morgens.

Mann, oh Mann, es würde ein höllischer Tag werden – und das nach einer höllischen Nacht. Wie konnte ein harmloser Abstecher nach Las Vegas zu diesem... diesem Hornissennest werden, in das er gestochen hatte?

Trey setzte seinen Hut auf – seinen Glückshut, ein Abschiedsgeschenk von seiner Cousine Lana – und marschierte die Gasse entlang los. Kaum war er um die Ecke in die Fremont Street gebogen, sprang er in das erste verfügbare Taxi.

„Wohin, Kumpel?" Der Fahrer warf ihm im Innenspiegel einen fragenden Blick zu. Einmal, nicht zweimal. Das war gut. Trey erschien es besser, dass sich nach Möglichkeit niemand an ihn erinnern würde.

Seine Gedanken überschlugen sich. Ja, wohin? Im Grunde musste er aus der Stadt verschwinden. Pronto.

Doch bevor er seinen Wolf bremsen konnte, ließ das Tier ihn etwas anderes sagen. „Zu einem guten Frühstückslokal irgendwo auf der anderen Seite der Stadt."

Der Fahrer ließ ein schiefes Lächeln aufblitzen. „Lassen Sie mich raten. Schneller Abgang nach einer vergnüglichen Nacht mit 'ner hübschen Frau?"

Seufzend ließ sich Trey auf den Sitz zurückplumpsen. Wenn der Kerl nur wüsste, wie schnell sein Abgang gewesen war. Der letzte Adrenalinschub, der noch durch seine Adern strömte, verebbte und ließ ein träges Pochen zurück. Er konnte spüren, wie Kayas Finger die seinen gestreift hatten, wie er vom Abwind ihrer Flügel erfasst wurde...

Ihrer *Flügel*, Herrgott!

Es verhielt sich keineswegs so, dass er nichts von der Existenz von Drachen gewusst hatte. Nur hatte er noch nie einen gesehen, geschweige denn mit einer Drachendame geschlafen, bevor er sich gleich nach dem Aufwachen einem Faustkampf stellen musste. Seine Knöchel pochten von dem Schlag, den er einem der beiden Eindringlinge gegen die Schläfe verpasst hatte. An der Schulter spürte er noch das bleierne Gewicht des anderen, den er gegen die Wand gerammt hatte. Auch die Kopfschmerzen waren zurück – zusammen mit den Fragen.

Wer war die Drachendame? Wohin war sie geflogen? Würde er sie je wiedersehen?

Er räusperte sich, denn der letzte Teil klang sogar in seinem Kopf ein bisschen zu sehr nach einem Wimmern.

„Willkommen in Las Vegas, Mann", meinte der Taxifahrer schmunzelnd. „Für ein Frühstück danach weiß ich genau den richtigen Laden. Mit dem besten Kaffee in der Stadt."

Der Kaffee sah aus und schmeckte wie Schlamm, wie sich herausstellte. Trey wusste nicht recht, worüber das mehr aussagte – über das Urteilsvermögen des Taxifahrers oder über die Qualität des Kaffees in Las Vegas. Aber das Omelett erwies sich als gut, und es war ihm gelungen, eine kalte Fährte zu hinterlassen, der die Bärengestaltwandler nicht folgen können würden. Trey hatte zwar noch Bargeld für das Taxi und das Frühstück, aber nicht annähernd so viel wie in der Segeltuchtasche, mit der Kaya davongeflogen war.

Er wischte mit seinem Toast den letzten Rest des klebrigen Eigelbs vom Teller und überlegte, was er als Nächstes tun sollte. Und verschluckte sich beinah am nächsten Schluck Kaffee, als sein Wolf seinen Senf dazu abgab.

Kaya finden. Sie festhalten. Sie umarmen. Sie zu unserer Gefährtin machen.

Er knallte die Kaffeetasse so wuchtig auf den Tisch, dass sich drei Köpfe in seine Richtung drehten. Was war nur in das Tier gefahren?

Schicksal, säuselte der Wolf und hielt ihm ein Bild der Frau vors geistige Auge. Ein überaus gefährliches Bild, die Lippen leicht geöffnet, die Augen hungrig, die Nasenflügel gebläht, als wäre sie von derselben magnetischen Anziehungskraft überwältigt worden wie er.

Gefährtin, behauptete der Wolf. *Mein.*

Er schüttelte den Kopf wie immer über diesen Nonsens. Nur, weil sich hin und wieder Gestaltwandlerinnen und Gestaltwandler Hals über Kopf ineinander verliebten, hieß das noch lange nicht, dass Schicksal im Spiel sein musste.

Dann sprang ihm ein anderes Bild von Kaya aus seiner verworrenen Erinnerung entgegen und traf ihn mitten ins Herz. Kaum hatte er von einem weiteren siegreichen Blatt aufgeschaut – einem Royal Flush, seinem zweiten des Abends – und sie erblickt, hatte ihm der Atem gestockt, und er hatte an dem Whiskey in seiner rechten Hand genippt. Er hatte einen Fünftausend-Dollar-Chip in den Fingern der linken Hand gedreht, der abrupt darin erstarrte, als die Zeit eine jähe Vollbremsung hinlegte und anhielt.

Die Augen der Frau wirkten größer und strahlender als der Himmel von Nevada. Auch als der Himmel von Arizona – als jeder Himmel. Verblüfft und aufgeregt starrte sie zurück, als stünde auch für sie die Zeit still. Dann spulte sein Verstand im Schnelldurchlauf durch all die Wunder einer möglichen Zukunft, wenn sie beide diesen Moment packten, mit aller Kraft festhielten und nie mehr losließen. Es schien die Chance ihres Lebens zu sein, die an ihnen vorbeiflatterte wie ein Lotterielos in einer Sturmböe. Jede Zelle, jedes Atom seines Körper forderte ihn brüllend auf, sich danach zu strecken und zuzugreifen, bevor der Moment verfliegen konnte.

Trey hatte sich so in jenen Augen verloren, dass er um ein Haar die Gelegenheit verpasst hätte, die Karten abzulegen, bevor der Dealer die Runde beendete. Wie durch ein Wunder hatte er das Blatt gerade noch rechtzeitig zusammen mit dem Fünftausend-Dollar-Chip hingeworfen. Den um ihn herum aufbrandenden Jubel hatte er gar nicht mitbekommen. In dem Moment hatte er allein sie wahrgenommen.

Kaya. Die Göttin. Die Drachenlady. Seine vom Schicksal auserkorene Gefährtin?

Oder Kaya, Playgirl und Diebin?

Lang und stockend stieß er den Atem aus, denn die allmählich in sein Bewusstsein sickernden Erinnerungen tänzelten um eine fünfstellige Summe herum. Neunzigtausend Dollar. Er hatte neunzigtausend gewonnen! Der Teil war ebenso wenig ein Traum gewesen wie die Begegnung mit Kaya.

Ein Telefon klingelte, und Trey warf verkniffene Blicke zu den umliegenden Tischen, denn sein Handy war es mit Sicherheit nicht. Genervt nippte er an seinem Kaffee.

Gehst du vielleicht mal ran, Kumpel? besagte der mürrische Gesichtsausdruck des Mannes am Nebentisch.

Trey starrte finster zurück – bis ihm klar wurde, dass der Lärm aus seinem Rucksack stammte. Er holte ihn unter dem Tisch hervor und kramte darin herum. Bei der Flucht aus dem Hotelzimmer konnte er sich gerade noch den Rucksack und einen Armvoll Klamotten schnappen. Als er sicher war, einen anständigen Vorsprung zu haben, war er im Treppenhaus rasch in seine Jeans und sein Hemd geschlüpft, den Rest hatte er in den Rucksack gestopft, bevor er weitergeeilt war.

Nun öffnete er ihn, behielt ihn dabei jedoch außer Sicht der anderen Gäste des Lokals, die mit stumpfen Blicken in eigene teils wohl bedauerliche Erinnerungen starrten.

Bevor Trey in den Rucksack greifen konnte, drang Kayas Duft heraus und ließ seinen Puls abrupt in die Höhe schnellen. Dann schlossen sich seine Finger um etwas Kleines, Hartes. Das Handy klingelte zwei weitere Male, während er es anstarrte. Schließlich tippte er auf die Rufannahme und brummte unverbindlich.

„Hast du das Geld?", blaffte jemand.

Trey überlegte. Wie zum Teufel sollte er darauf antworten, falls überhaupt? Und ob Kaya das Geld hatte. Aber das wäre wohl nicht die beste Erwiderung.

„Bald." Eine neutrale Antwort, fand er.

„Bald? Bald?" Die Stimme schwoll wütend an. „Weißt du, was ich mache, wenn du mir das Geld nicht bringst?"

Ein dumpfer Schlag drang über die Leitung, und eine Frau schrie vor Schmerz auf. „Oh mein Gott, Kaya. Es tut mir so leid!"

Abrupt sprach wieder der schwer atmende Mann ins Telefon.

„Botschaft verstanden? Ich will meine Kohle."

Herrgott, was ging nur vor sich?

Treys Gedanken überschlugen sich. Es schien an der Zeit für einen Bluff zu sein. „Ich packe noch fünf drauf."

Ein höhnisches Schnauben. Trey wartete. Er hatte keine Ahnung, was er gerade wem versprach. Fünfhundert Dollar? Fünftausend? Fünf Millionen? Aber er musste irgendetwas unternehmen.

„Zehn", verlangte die düstere Stimme schließlich.

Und auf einmal hatte Trey eine Abmachung. Und keinen Schimmer, ob er sie erfüllen können würde.

„Bald." Er nickte am Telefon.

„Mitternacht", zischte der Mann.

Und *zack!* Der Anruf endete.

Trey starrte auf das Handy. Was zum Teufel ging hier vor sich?

Ihm kam der Gedanke, dass der Rucksack weitere Hinweise enthalten könnte, also griff er abermals hinein. Aus irgendeinem Grund vorsichtig, als könnte er das feinste Porzellan seiner Urgroßmutter enthalten. Zuoberst stieß er auf Kayas Shirt. Ein durchscheinendes, seidiges Teil, das sich fast so edel anfühlte wie ihr Haar. Ohne darüber nachzudenken, hielt er es sich an die Nase und atmete tief ein, bevor er es auf seinen Schoß legte und sich umsah.

Sämtliche Blicke hatten sich auf den Bildschirm mit Wettergebnissen gerichtet. Puh. Wenn Trey nicht aufpasste, würde er noch am helllichten Tag an ihrem Höschen schnüffeln.

Was ihn nicht weiterbringen würde. Obwohl er nicht wirklich wusste, wie ein Hinweis aussehen könnte, wühlte er weiter durch ihre Sachen.

Eine Hose. Ein Schuh. Ein schwarzer Spitzen-BH, bei dessen Anblick es in seinem Schritt zuckte. Ein hübsches Halstuch mit Tupfen...

Seine Hand erreichte den Boden des Rucksacks. Kein Bargeld. Keine Segeltuchtasche, in die er seinen Gewinn gestopft hatte, bevor er mit Kaya am Arm aus dem Casino aufgebrochen war. Sie hatte mit ihm auf dem Weg zum Hotelzimmer alle möglichen wilden Umwege eingeschlagen, und seine Sicht war mit jedem Schritt verschwommener geworden. Nur sie hatte er unverändert deutlich wahrgenommen.

Kaya an seinem Arm... Den Moment ließ er wieder und wieder vor seinem geistigen Auge ablaufen. Sie hatte sich bei ihm eingehängt und sein Ohr geküsst, bevor sie im Zimmer angekommen waren.

Trey kramte noch etwas weiter, bis er sicher sein konnte, dass er nichts mehr finden würde. In der Brieftasche hatte er noch die paar Hundert Dollar, mit denen er in Las Vegas eingetroffen war, sonst nichts. Keine Geldbündel.

Keine Drachendame.

Was sie zu einer Diebin machte, richtig?

Trey trank einen weiteren Schluck von dem grausigen Kaffee, während sein Wolf ein langes, klägliches Geheul anstimmte.

Die beiden Angreifer im Hotel waren leer ausgegangen. Er war zu schnell für sie gewesen. Seinen Gewinn hatte er nicht im Zimmer zurückgelassen. Und Kaya war mit einer Tasche in den Krallen davongeflogen.

Ja, die Drachendame war eine Diebin, so viel stand fest.

Trey wollte wütend auf sie werden. Unbedingt. Er gab sich wirklich redlich Mühe, Verbitterung oder Zorn heraufzubeschwören. Neunzigtausend Dollar! Neunzig Riesen! Genug, um sich das Eigenheim seiner Träume zu kaufen. Etwas Kleines in den Bergen, wo die Luft sauberer, das Wasser im Bach kühler und die Sterne nachts näher waren. Das hatte Kaya ihm geraubt. Er hätte also jedes Recht, diese wunderschönen Augen und verführerischen Kurven zu hassen.

Allerdings bescherte er sich nur einen Ständer, indem er sie sich bildlich vorstellte.

Er tippte auf das Display ihres Handys, sah sich ihre ausgehenden Anrufe und ihre Kontaktliste an. Dann kramte er in ihren Hosentaschen. Nur, um einen Hinweis auf ihre Identität zu finden. Nicht, um sich der Fantasie hinzugeben, die Hände hineinzuschieben, während sie in der Hose steckte wie vermutlich letzte Nacht, bevor er sie entblättert hatte. Und etwa fünf Sekunden danach hatte sie ihm die Klamotten vom Leib gerissen, wenn ihn die verschwommene Erinnerung nicht trog.

War alles nur gespielt gewesen? Oder hatte sie ihn genauso sehr gebraucht wie er sie? Dieser verrückte Hunger, diese animalische Begierde... Hatte sie das auch gespürt?

Allerdings brachten ihn solche Gedanken nicht weiter, spornten nur seinen Ständer dazu an, immer vehementer gegen die Nähte der Jeans anzukämpfen.

In einer ihrer Hosentaschen entdeckte er ein paar Zettel, die ihm nicht viel verrieten. Eine Quittung für Snacks von einer Tankstelle, ein paar zerkratzte Rubbellose und insgesamt sieben Dollar, klein zusammengefaltet. In der anderen Tasche entdeckte Trey eine Visitenkarte – *Igor Schiller, Scarlet Palace*. Auf der Rückseite stand mit Bleistift geschrieben eine Handynummer. Außerdem fand er einen Zettel, den er gegen das Licht hielt.

Graceland Parkservice stand darauf mit einer Nummer, einer Uhrzeit und einem Datum. Vor drei Tagen.

Er betrachtete erneut die Visitenkarte, dann noch einmal den Parkschein. Womit sollte er anfangen?

Er steckte die Visitenkarte in die eigene Tasche und behielt den Parkschein in der Hand. Kaya hatte sein Geld, also wäre es nur fair, mit ihrem Auto anzufangen, oder?

„Wohin?", fragte der nächste Taxifahrer, den er fand.

Trey zeigte den Parkschein vor. Der Fahrer bretterte los und summte dabei einen Song von Elvis.

∞∞∞∞

Trey zeigte den Parkscheinabschnitt vor und bemühte sich, nicht die Augen zusammenzukneifen, obwohl ihn der Paillettenanzug mit tausend funkelnden Reflexionen der prallen Wüstensonne blendete.

Der Elvis-Imitator stieß einen Pfiff aus. „Drei Tage, Mister. Das wird 'ne ganz schöne Rechnung."

Aus den Lautsprechern über ihnen dudelte beschwingte Musik. Natürlich ein weiterer Song von Elvis Presley.

Trey zuckte mit den Schultern. „Können Sie bitte einfach das Auto holen?"

„Geile Karre." Elvis grinste so breit, dass sich seine Koteletten bogen. „Tut mir richtig leid, dass sie abgeholt wird."

Trey zahlte den dreistelligen Betrag, ohne mit der Wimper zu zucken, was verrückt war. Bisher hatte er mit jedem einzelnen seiner hart verdienten Dollars geknausert, so gut es ging, aber dafür zu prassen, schien es wert zu sein. Alles im Zusammenhang mit Kaya wäre es wert, dafür zu prassen.

Trey drehte den Kopf hin und her, als der Mann die Reihen der Autos hinabging und am hinteren Ende verschwand. Rechts fiel ihm ein BMW mit Kennzeichen aus Oregon ins Auge, links ein Lexus mit getönten Scheiben. Etwas weiter unten stach ein Thule-Gepäckträger eines SUV mit zwei schlammverschmierten Mountainbikes hervor. Nichts wirklich Protziges, alles recht dezente Fahrzeuge.

Was würde Kaya fahren? Einen Käfer wie das pulverblaue Cabrio, das rechts parkte? Einen vernünftigen Prius wie den in der zweiten Reihe?

Aus den Lautsprechern des Graceland Parkplatzes knisterte es statisch, bevor eine weitere Schnulze von Elvis ertönte, in der es um weiche Knie, gestammelte Worte und pochende Herzen ging. Trey sah sich um. Auf dem Nachbargrundstück stand eine graue Kirche aus Stein – eine Miniaturausgabe von Notre Dame mit Strebebogen, Wasserspeiern und ernst dreinschauenden Heiligen, die kopfschüttelnd den Sündenpfuhl von Las Vegas zu betrachten schienen.

Elvis sang weiter. Ohne etwas von seinem frommen Publikum zu ahnen, schmachtete er vor sich hin und klang rundum verliebt.

Das gedämpfte Schnurren eines gut gewarteten Motors ertönte vom hinteren Bereich des Parkplatzes. Das Geräusch klang nach etwas Schnellem und Wildem voller aufgestauter PS, die förmlich darum betteln, entfesselt zu werden. Der Motor drehte hoch, kehrte brummend in den Leerlauf zurück und ließ anschließend das gleichmäßige Knurren des ersten Gangs vernehmen.

Schotter knirschte. Etwas Rotes bog um die Ecke, und Trey senkte den zu hoch gerichteten Blick. Er betrachtete die lange, geschwungene Motorhaube, das zurückversetzte Cockpit. Sein Blick wanderte über die an große Augen erinnernden Scheinwerfer, den Kühlergrill, der einem verkniffenen Haifischmaul glich, und die rote Schrift des Nummernschilds aus Kalifornien. Sein Mund stand offen, als der Parkplatzmitarbeiter anhielt, ausstieg und liebevoll die Motorhaube tätschelte.

„1962er Jaguar Roadster." Seufzend reichte Elvis ihm eine Quittung. „Geile Karre."

„Geile Karre", stimmte Trey ihm zu, stieg ein und blähte leicht die Wangen. Er fuhr mit den Händen über das lederbezogene Lenkrad und bewunderte die verchromten Rundinstrumente des Armaturenbretts. Wäre er nicht vergangene Nacht mit Kaya in den Armen aufgewacht, wäre vielleicht dieser Augenblick die himmlischste Erfahrung seines Lebens geworden.

Sein Wolf brummte, als er die Kupplung trat, in den ersten Gang schaltete und auf die Straße hinausfuhr.

Auto: erledigt. Was um alles in der Welt sollte er als Nächstes tun? Immer noch keine Frau. Immer noch kein Geld. Nur ein richtig schickes Auto und Elvis, der ungebrochen von Liebe säuselte.

Als Trey auf die Straße bog, tippte er mit den Fingern aufs Lenkrad. Er würde sich unterwegs einen Plan überlegen.

Plötzlich huschte etwas durch den vom Innenspiegel angezeigten Bereich, und Trey schaute auf. Was zum Geier war das?

Ein zweiter Schatten fegte über den Spiegel. Etwas Großes mit reichlich Zähnen, das geradewegs in seine Richtung steuerte.

Ein ohrenbetäubender Schrei ertönte, und eine Millisekun-
de, bevor etwas zischend über ihn hinwegsauste, zog er den
Kopf ein. Zwei riesige Klauen verfehlten die Windschutzscheibe um Haaresbreite.

Er starrte hin. Was jetzt?

Kapitel 5

Wieder sauste *etwas* über Trey hinweg, und er warf sich zur Seite. Die Reifen quietschten, als das Auto schlingerte. Als er sich kopfschüttelnd wieder aufsetzte, befand er sich auf einer anderen Spur. Der Gegenfahrbahn.

„Heilige Sch…"

Ein riesiger Lastwagen hupte. Trey riss das Lenkrad nach rechts, um den Jaguar zurück auf die richtige Spur zu bringen.

Sein wild pochendes Herz brüllte ihn an: *Hast du sie noch alle?*

Vielleicht war er verrückt, aber er hätte schwören können… Trey suchte den Himmel ab. Ohne den Blick zu senken, streckte er die Hand zum Radio und schaltete es aus. Er konnte es nicht gebrauchen, von Elvis abgelenkt zu werden, während er angegriffen wurde. Angriffen von…

Über ihm ertönte ein hysterisches Kreischen, das wie über eine Tafel kratzende Fingernägel klang. Instinktiv zog Trey erneut den Kopf ein. Und keinen Moment zu früh, denn plötzlich fasste eine spitze Klaue durch das offene Verdeck des Cabrios und schnappte nach ihm, als das Wesen über dem Auto vorbeischoss.

Schlitternd schleuderte er den Wagen um neunzig Grad herum und bog in eine Seitenstraße. Der Geruch von verbranntem Gummi stieg ihm in die Nase, als er mit der Schulter gegen die Seitenstrebe des Autos prallte.

Verdammt, war das knapp gewesen – er wäre nicht nur um ein Haar von seinem Angreifer erwischt worden, sondern hätte beinah auch einen Hippie-VW-Bus eine Autolänge hinter ihm auf der anderen Spur gerammt.

Trey trat das Gaspedal durch. Brüllend beschleunigte der Roadster und zauberte ihm damit ein irres Grinsen ins Gesicht. Wenigstens hatte er den richtigen fahrbaren Untersatz für eine Flucht. Tief und schnell.

Wieder zischte über ihm etwas durch die Luft. Diesmal war Trey dafür gewappnet. Er zog den Kopf ein und riss das Lenkrad herum. Sein Angreifer raste harmlos vorbei, und Trey bekam ihn erstmals richtig zu sehen.

Kein Drache, was in Anbetracht des Besitzers des Wagens nur logisch gewesen wäre.

Auch keine Harpyie. So einfach es vorstellbar gewesen wäre, es handelte sich um kein barbusiges Wesen, halb Vogel, halb wutentbrannte Frau.

Nein. Nichts davon. Es war ein...

Trey wich gerade noch rechtzeitig nach links aus, um einem weiteren Luftangriff zu entgehen, ausgeführt von einem zweiten... Wie nannte man sie noch mal? Einen Moment lang weigerte sich sein Verstand, das Wort auszuspucken – bis eine dritte Kreatur so nah vorbeisauste, dass die hässlichen schwarzen Klauen die Windschutzscheibe streiften. Und mit dem Geräusch tauchte das Wort in Treys Kopf auf.

Wasserspeier.

Mehrzahl. Drei. Monster mit knolligen Nasen, hässlichen Visagen und Flügeln. Monster, die eigentlich oben auf einer Kathedrale kauern sollten, statt zischend über das offene Verdeck von Treys Jaguar hinwegzurasen.

Er hatte schon öfter Wasserspeier gesehen, aber noch nie so. In Boston und anderen historischen Städten an der Ostküste wimmelte es davon. Genauso hässlich wie diese Exemplare und doch anders. Die einzigen Wasserspeier, die bisher seinen Weg gekreuzt hatten, waren ruhige, akademische Typen, die sich in Harvard und den Parks rund um die Holy Cross Cathedral herumtrieben und sich über Schachspiele mokierten.

Anscheinend herrschte in Nevada eine andere Art davon vor – die der wilden, kreischenden Gestaltwandler, die ihm an den Fersen klebten.

Trey schlug mit dem klassischen Sportwagen willkürliche Haken, als sich die Monster für einen zweiten Angriff näherten.

Das Auto war so niedrig, dass sein Kopf gefühlt einen Meter weit aus dem offenen Verdeck ragte, also zog er ihn ein, so gut es ging, bis er kaum noch über das lederbezogene Armaturenbrett hinwegsehen konnte. Und dennoch wäre es dem ersten Wasserspeier um ein Haar gelungen, ihm einen neuen Scheitel zu ziehen. Der zweite sank tiefer und kratzte mit einer zehn Zentimeter langen Kralle über den Kofferraum, bevor Trey heftig auf die Bremse stieg und der Angreifer stattdessen über die Motorhaube schrammte.

„He!" Er zuckte über den Kratzer in der Lackierung zusammen. Mist. Kaya würde stinksauer sein.

Was lächerlich war. Warum sollte ihn kümmern, ob die Drachenlady wütend über den Schaden am Auto wäre, obwohl sie ihm davongeflogen war – mit seinen neunzig Riesen? Und obwohl er derjenige war, der von fliegenden Wasserspeiern attackiert wurde?

Bei der Vorstellung von Kayas zerknirschter Miene zog sich seine Brust dennoch leicht zusammen. Als ginge es um wesentlich mehr als nur darum, Las Vegas lebend zu verlassen. Was absurd war, denn was konnte wichtiger sein als zu überleben?

Sie, brummte sein Wolf.

Trey fuhr weiter und wich den fliegenden Monstern zwei und drei aus, während ein Winkel seines Verstands versuchte, daraus schlau zu werden. Die Wasserspeier hatten sich in dem Moment an ihn drangehängt, als er den Parkplatz verlassen hatte, nicht vorher. Was bedeutete, dass sie es nicht wirklich auf ihn abgesehen hatten, sondern auf Kaya oder zumindest ihr Auto.

Oder sollten sie das Auto vor Unbefugten wie ihm schützen?

Die Antwort erhielt er eine halbe Sekunde später, als zwei Wasserspeier gleichzeitig anstürmten. Der rechte riss einen klaffenden Schlitz in die Kopfstütze auf der Beifahrerseite, der linke schlug mit der Klaue gegen den Rückspiegel und zertrümmerte das Glas.

So viel zur Theorie, sie sollten das Fahrzeug schützen.

Das bedeutete, die Wasserspeier wollten Kaya selbst, und das ließ Trey stinksauer werden. Drei potthässliche Wasserspeier wollten seiner dunkelhaarigen Göttin ans Leder? Sein Wolf knurrte eine laute Kriegserklärung.

Das erste Monster kehrte bereits zurück, und diesmal unternahm Trey einen Gegenangriff. Eine Hand ließ er fest am Lenkrad. Die andere streckte er hoch und fuhr die Wolfskrallen aus. Knapp zehn Zentimeter lang, an vier Fingern. Er fuhr damit rückwärts, als der Wasserspeier vorbeizischte, und schrammte vier parallele Linien in den ledrigen Bauch des Ungetüms.

Der Wasserspeier schrie auf, zog den spitzen Schwanz ein und scherte zur Seite aus.

„Ha!" Trey gestattete sich, triumphierend die Faust in die Luft zu strecken.

Dann schaltete die Reihe von bisher grünen Ampeln erst auf Gelb, schließlich auf Rot, und eine lange, schwarze Stretchlimousine rollte quer über die nächste Kreuzung.

Und rollte und rollte und rollte.

„Um Himmels willen..." Trey fluchte wüst, hatte aber keine andere Wahl, als die Fahrt zu verlangsamen, während die schier endlose Fläche aus getöntem Glas an ihm vorbeizog. Mann, war die Limousine lang. Mehrere junge Groupies in Tanktops hatten die Köpfe durch das Dachfenster in der Mitte gestreckt, erhoben Sektgläser und warfen die Haare zurück.

Hinter dem Jaguar raste ein hakennasiger, hässlicher Wasserspeier heran. Trey drehte das Lenkrad nach links und erhaschte einen flüchtigen Blick auf rot glühende Augen, als das Monster an ihm vorbeiraste und nur knapp die Limousine verfehlte.

Wasserspeier wurden von einem Bann geschützt, durch den Menschen sie lediglich als ziemlich große, ziemlich hässliche Vögel wahrnahmen – was jedoch genügte. Die Partygirls kreischten und warfen ihre Gläser in die Luft. Dem Wasserspeier entfuhr ein spitzes Jaulen. Trey trat auf die Bremse und jagte den Jaguar mit quietschenden Reifen um eine scharfe Linkskurve. Um ein Haar hätte er die Limousine gestreift, als er auf die Querstraße raste.

Ringsum plärrten Hupen, als er sich in den Verkehr einreihte und den neuen Fluchtweg entlangbretterte. Ein von hinten kommender Pick-up krachte in einen Wegweiser vor einem Schnapsladen, der SUV dahinter prallte gegen die Stoßstange.

Hoppla.

Trey zog die Krallen ein, schaltete in den dritten Gang, schlängelte sich zwischen den anderen Verkehrsteilnehmern hindurch und versuchte, einen Vorsprung herauszuschinden, während sich seine Gedanken überschlugen. Wie schüttelte man Wasserspeier ab? Vorzugsweise, ohne eine Spur der Verwüstung durch die Fremont Street zu ziehen. Denn mittlerweile befand er sich auf dem Hauptabschnitt der Straße. Weiter vorn wurde der Verkehr langsamer, und ein Blick zurück zeigte Trey, dass sich die Wasserspeier schnell näherten.

Er drückte auf die Hupe des Sportwagens, worüber niemand auch nur mit der Wimper zuckte. Aber ein Mann auf dem Bürgersteig richtete eine Videokamera auf den Roadster und wandte sich aufgeregt an seine Frau. „Sieh dir das an, Schatz!"

„Fährt nicht James Bond so ein Auto?", fragte die Frau mit schriller Stimme.

Trey grinste.

„Nein, Austin Powers", erwiderte der Ehemann.

Stirnrunzelnd ließ Trey sie hinter sich zurück. Er beschleunigte in eine winzige Lücke, die sich zwischen zwei Autos auftat, dann schwenkte er wieder auf die rechte Spur hinter einen Pick-up.

Weiter vorn blinkten orangefarbene Lichter. Ein Laster eines Versorgungsunternehmens parkte neben einem offenen Kanaldeckel, und ein Mann in Neonweste dirigierte den Verkehr von zwei Fahrspuren auf eine.

„Nicht ausgerechnet jetzt..." Trey schlug aufs Armaturenbrett.

Als er sich hinauslehnte, um nach vorn zu spähen, sah er eine lange entgegenkommende Kolonne, die es unmöglich gestaltete, das Hindernis kurzerhand zu umfahren. Indes näherten sich rasant die Wasserspeier, die alles andere als belustigt wirkten. Er strich mit der Hand übers Armaturenbrett und wünschte, der Jaguar wäre mit einem Raketenwerfer ausgestattet. Allerdings besaß er nur die üblichen Instrumente, die

Motortemperatur, 2.500 Umdrehungen pro Minute im Leerlauf und einen zu drei Viertel vollen Tank anzeigten.

Großartig.

Er setzte sich aufrechter hin. Bevor er auf die Hupe drückte, brüllte er: „Vorsicht!"

Eine Gruppe japanischer Touristen stob auseinander, als er den Roadster holpernd auf den Bürgersteig lenkte und den zweiten Gang einlegte.

„Vorsicht, sage ich!"

Schreie tönten durch die Luft. Leute ergriffen mit fuchtelnden Armen die Flucht. Eine Kamera blitzte auf.

Trey behielt eine Hand an der Hupe und am Lenkrad, während er mit der anderen wild warnend winkte. „Vorsicht!"

Er hatte keine Ahnung, was die Menschen sahen, aber sie schienen nicht vor Entsetzen über die Wasserspeier zu schreien, sondern eher über ihn. Demnach betrachteten sie ihn als den Bösen, was erneut seine Wut schürte.

„Aus dem Weg!", brüllte er.

Ein Blick in den Rückspiegel zeigte die Wasserspeier deutlich näher. Trey entdeckte eine Lücke, die groß genug wäre, um zurück auf die Straße zu lenken, aber wenn er nur eine Sekunde länger wartete...

Er warf einen Blick zurück, dann nach vorn. Gleichzeitig stellte er in Gedanken blitzschnell tausend Berechnungen an. Ein Straßenverkäufer sprang zur Seite, sein provisorischer Stand mit Sonnenbrillen kippte um. Ein Stück weiter spannte sich über den Bürgersteig eine niedrige Markise mit Stahlgestell und einer riesigen Leuchtreklame, auf der Dollarzeichen und die Worte blinkten: *Gleich heute gewinnen!*

Nur noch eine Sekunde...

Trey riss das Lenkrad so heftig nach links, dass er fürchtete, es könnte abbrechen. Das Auto schwenkte dadurch sauber zurück auf die Straße, während der vorderste Wasserspeier mit einem lauten Krachen und voller Wucht in das Stahlgerüst der Reklametafel pflügte.

Trey brauste durch die nächste Lücke im Verkehr, baute seinen Vorsprung wieder aus.

Er blickte erneut in den Rückspiegel. Einer erledigt, noch zwei übrig.

Zwei stinksaure Wasserspeier, doch mittlerweile fühlte sich Trey in Fahrt. Er raste an einem Oldtimer-Motorrad mit Beiwagen vorbei und hätte schwören können, es beförderte eine dieser aufblasbaren Sexpuppen. Der Fahrer zeigte dem Jaguar den Daumen hoch.

Nur in Las Vegas wurde man herzlich dazu beglückwünscht, dass man gegen gefühlt tausend Verkehrsregeln verstieß.

Trey winkte zurück.

Der Verkehr wurde fließender, und er raste weiter, bretterte mit über hundert Sachen durch eine Fünfzigerbeschränkung. Trey konnte praktisch fühlen, wie der Jaguar grinste.

Der Luftdruck hinter ihm fiel wie vor jedem Sturzflug eines Wasserspeiers ab, also trat er das Gaspedal durch und schlitterte an der nächsten Kreuzung hart nach rechts.

„Scheiße!"

Ein zweistöckiger Reisebus mit offenem Dach und einem einzigen Fahrgast kam ihm auf der Main Street entgegen. Der Jaguar schrammte gefährlich nah an den riesigen Rädern vorbei. Die Fliehkräfte schleuderten Trey gegen die Autotür, und eine Schrecksekunde lang fürchtete er, der Verschluss würde nachgeben.

Gleich darauf krachte der Wasserspeier im Tiefflug in den Reisebus. Die Geräusche von quietschenden Bremsen und berstendem Glas folgten Trey die Straße entlang.

Er zuckte zusammen, schaute zurück und sah, wie sich der Fahrgast mit offenem Mund über die Seite beugte und mit großen Augen den Schaden begutachtete.

Die gute Nachricht war, dass niemand verletzt zu sein schien – außer dem Wasserspeier. Trey grinste. Zwei erledigt, noch einer übrig.

Und die schlechte Nachricht? Das Gesicht des letzten Wasserspeiers hatte sich vor rasender Wut verzogen. Mit gebleckten Zähnen schoss er heran.

„Mist."

Trey steuerte auf die Auffahrt zum Highway zu, die sich nicht weit vor ihm befand. Dabei schwenkte er hin und her, um dem Monster auszuweichen, dass wieder und wieder herabstieß und ihn angriff. Dann schoss er diagonal über drei Fahrspuren und hoffte, der Wäschetransporter, das Wohnmobil oder eines der anderen schwereren Fahrzeuge auf der Straße würde den Wasserspeier erfassen. Stattdessen ging er selbst beinah drauf, und seine Herzfrequenz schnellte in den dreistelligen Bereich hoch. Gestaltwandler überlebten eine Menge Schaden, aber nicht so viel, wie entstand, wenn man von einem Lastwagen überrollt wurde.

Er schwenkte auf die rechte Spur und sah über sich grüne Schilder aufblitzen. Linke Spur: *Los Angeles, 425 Kilometer.* Rechte Spur: *Reno, 700 Kilometer.*

Er schnaubte. Von wegen Reno. Als würde er je wieder eine für Glücksspiel berühmte Stadt besuchen. Tatsächlich würde er überhaupt nicht mehr Karten spielen, höchstens mit Freunden in einer ruhigen Schlafbaracke einer abgelegenen Ranch.

Der Wasserspeier legte die Ohren an und beschleunigte. Es sah nach einem letzten Verzweiflungsangriff aus. Das Monster streckte die Krallen und rasierte damit über Treys Nackenhaare. Die ihm zu Berge standen, weil er mit dem Jaguar zwischen mehreren Lastwagen festsaß und keine Idee mehr hatte, wie er dem Wasserspeier ausweichen sollte.

Das Ungetüm kreischte, stieß herab… und schwenkte mit einem rauschenden Laut weg, begleitet von einem wutentbrannten Aufschrei.

Trey schüttelte so den Kopf, wie er es tat, wenn sein Wolfspelz nass wurde, um zu verdrängen, wie knapp es erneut gewesen war. Dann drehte er den Kopf und erhaschte einen letzten Blick auf den Wasserspeier, der in einem weiten Bogen zurück in die Stadt flog. Er konnte förmlich spüren, wie das Monster fluchte und die Faust schüttelte.

Ein vorbeirasendes Schild teilte ihm mit, dass er soeben die Stadtgrenze von Las Vegas hinter sich gelassen hatte und sich in Paradise, Nevada befand. Und plötzlich ergaben die alten Geschichten einen Sinn. Wasserspeier waren durch Magie zum Leben erweckte Statuen aus Stein, doch der Zauber erstreckte sich nur über einen bestimmten Radius von ihren angestammten Marmorsockeln.

Die Einzelheiten interessierten Trey nicht. Für ihn zählte lediglich, dass er die Monster endlich los war.

Sein Herzschlag brauchte eine halbe Stunde und fast achtzig Kilometer, um sich so weit zu beruhigen, dass er wieder vernünftig denken konnte.

Allerdings nicht allzu vernünftig, denn statt seine Verluste zu begrenzen und mit dem schneidigen Roadster direkt an die Pazifikküste weiterzubrausen, bog er auf eine ungekennzeichnete Straße ab und folgte ihr kilometerweit. Auch, als daraus ein Feldweg wurde, fuhr er weiter, getrieben vom eigenartigen Empfinden, dass es eine gute Richtung wäre. Die Kilometer zogen dahin, bis sich Las Vegas nur noch als braune Schliere im Osten abzeichnete. Wie aus dem Nichts erschien ein staubgraues Gebirge und kratzte mit seinen Gipfeln am fahlen Wüstenhimmel.

Trey nahm den Fuß vom Gaspedal und ließ den Jaguar ausrollen. Die Sonne kroch höher und höher, deshalb setzte er den Hut auf und lauschte eine Weile dem Tuckern des Motors. Dann schaltete er ihn ab, stieg aus und lehnte sich gegen die vordere Stoßstange, um stattdessen dem Wind zu lauschen. Er schloss die Augen und ließ die Sonne heiß auf sich herabscheinen, weil es sich in dem Moment richtig anfühlte. Sein Wolf schnupperte die Luft der offenen Weiten und der verlockenden Wildnis im Schutz der Berge.

Dann zog ein Schatten über Trey hinweg. Er spürte das Flackern auf den Lidern. Die Luft waberte wie zuvor beim Angriff der Wasserspeier, dennoch rührte sich Trey nicht von der Stelle. Seine Nase verriet ihm, um wen es sich handelte.

Nicht um einen Wasserspeier, denn diese Kreaturen rochen nicht nach Pfirsich und Lavendel.

Ebenso wenig rochen sie nach brühheißem, die Seele entblößendem, erst wenige Stunden zurückliegendem Sex.

Auch nicht wie ein süßer, frischer Wind aus den von Kiefern erfüllten Bergen Hunderte Kilometer nördlich.

Drachen schon.

Schließlich öffnete er die Lider und beobachtete, wie der rot-schwarze Drache die Flügel erst anstellte, dann einzog, um sanft auf dem Boden zu landen. Leuchtende, meerglasgrüne Augen blickten tief in seine.

Als er das Wort ergriff, achtete er darauf, dass seine Stimme stärker und fester klang als die Schmetterlinge, die in seinem Bauch umherflatterten.

„Hallo, Kaya.“

Mein, brummte sein Wolf tief in ihm. *Gefährtin!*

Kapitel 6

Kaya stand unter der gleißenden Sonne der Wüste Nevadas und starrte Trey in Grund und Boden. Dabei bemühte sie sich, die unwiderstehliche Anziehungskraft der vergangenen Nacht zu ignorieren, die immer noch um ihre Fußgelenke wirbelte wie der Beginn eines verdammten Orkans. Sie tat so, als wären sie bloß zwei völlig normale Leute an einem völlig normalen Tag.

Nur sah er zum Niederknien gut aus und klang sogar noch besser.

Hallo, Kaya.

So, wie ihr Körper darauf reagierte, hätte man meinen können, er hätte gesagt: *Lass mich dich zum nächsten Orgasmus lecken.* Ihr Herzschlag raste, das Blut schoss ihr in die Mitte, ihr Gesicht rötete sich...

Verdammt gut, dass sie noch in Drachengestalt war.

Sie wich in die letzten, von den schartigen Hängen geworfenen Schatten zurück und krallte über den Boden. Würde sie doch nur ein bisschen höher aufragen. Abgesehen von dem langen Hals und dem Schwanz war sie als Drachendame ungefähr genauso groß wie in menschlicher Gestalt. In manchen Gegenden der Welt gab es noch riesige Drachengestaltwandler. Aber bei allen in ihrer Familie änderte sich durch die Verwandlung nicht die Masse des Körpers, nur die Form.

Sie schnaubte Trey entgegen und versuchte, eine kleine Flamme hervorzubringen.

Natürlich scheiterte sie kläglich und ärgerte sich ein wenig mehr über ihn.

Hallo, Kaya. Von wegen. So unbekümmert wurde sie in Drachengestalt sonst nur von ihrer Urgroßmutter begrüßt –

die unheimlich schlecht sah und bei der ein ziemliches Durcheinander im Oberstübchen herrschte.

Kaya schüttelte kräftig die Flügel und ließ zur Verstärkung der Wirkung die Krallen aufblitzen. Das sollte diesem eingebildeten Wolf zeigen, mit wem er es zu tun hatte. Trey konnte unmöglich so cool und gelassen sein, wie er wirkte. Als sie genauer hinsah, schnaubte sie leicht.

Seine Pupillen waren geweitet, sein Adamsapfel hüpfte. Ja, nicht nur sie hatte hier Herzklopfen.

Grinsend ließ sie Zähne aufblitzen, so lang wie seine Finger.

Aber wie reagierte der Mistkerl darauf?

Er lehnte sich lässig gegen die Stoßstange, als wäre er müde vom Herumschleppen all der Muskelmasse. Dann neigte er seinen Stetson nach hinten und hakte die Daumen in die Taschen seiner Jeans. Sein dichtes, braunes, zerzaustes Haar entsprach nahezu perfekt dem des Mannes ihrer Mitternachtsfantasien der letzten zehn Jahre.

„Schön, dich wiederzusehen", sagte er, als hätte sie *zugestimmt*, sich mitten im Nirgendwo mit ihm zu treffen.

Schnaubend peitschte sie mit dem Schwanz.

Er grinste.

Er *grinste*, als würde er jeden Tag mit Hochgeschwindigkeitsverfolgungsjagden und Wasserspeiern begehen. Kaya war gerade noch rechtzeitig über Las Vegas geflogen, um die Action von oben zu beobachten, obwohl sie nicht gewagt hatte, sich am helllichten Tag zu zeigen. Die Magie, die verhinderte, dass Menschen die Wasserspeier sehen konnten, erstreckte sich definitiv nicht auf Kaya. Für sie stellte es schon ein Risiko dar, in dieser abgelegenen Ecke der Wüste zu landen und sich Trey zu zeigen.

Konzentrier dich, verdammt! Konzentrier dich!

Kopfschüttelnd ermahnte sie sich, an ihrem Plan festzuhalten, der da lautete, cool, ruhig und gefasst zu bleiben. Das Leben ihrer Schwester hing von ihr ab. Was bedeutete, dass sie Karens Handy und die darauf gespeicherte Nummer brauchte. Es ging um Leben und Tod, nicht um den atemberaubendsten Sex ihres Lebens.

Kaya räusperte sich, stimmte ein mürrisches Drachenknurren an und verwandelte sich – langsam. Sie legte die Flügel an, zog die Krallen ein und ließ die Schuppen zurück unter die Haut verschwinden. Das brannte jedes Mal, aber sie ignorierte es. Über der Brust behielt sie eine Reihe von Schuppen, während der Rest ihrer selbst menschliche Gestalt annahm. Es war so schon schlimm genug, mit dem knackigen Cowboy verhandeln zu müssen. Also wollte sie es wenigstens nicht nackt tun. Zumindest nicht splitterfasernackt.

Sein Blick wanderte ihren Körper rauf und runter, als wollte er sich jede Kurve ins Gedächtnis brennen. Er wirkte beinah, als wollte er ewig in diesem Moment verharren. Seine Augen leuchteten. Seine Zunge bewegte sich kurz über die Lippen und brachte sie zum Glänzen. Dann blitzte ein wenig Weiß auf, als er sich auf die Unterlippe biss.

Treys Blick wanderte weiter, und das Leuchten in seinen Augen besagte, dass er diesen Körper als sein Hoheitsgebiet beanspruchen wollte.

„Guten Flug gehabt?", erkundigte er sich.

Ihre Hände ballten sich zu Fäusten. Die Finger öffneten und schlossen sich unablässig, während sie die Zähne zusammenbiss.

„Das ist mein Auto", begann sie.

Er schaute nach hinten, als hätte er vergessen, woran er lehnte, bevor er die Motorhaube mit beiden Händen tätschelte.

„Jetzt nicht mehr."

„Es gehört mir!"

Die Sonne wanderte näher zu ihrem Zenit, wodurch der schmale Schatten schrumpfte, in dem sich Kaya befand. Sie würden beide bei lebendigem Leib gebraten werden, wenn sie noch viel länger hier diskutierten.

„Woher weiß ich, dass du es nicht gestohlen hast?"

Sie stampfte mit dem Fuß auf. „Es hat meinem Großvater gehört!"

Er zuckte mit keiner Wimper. „Echt jetzt? Du hast deinem Großvater sein Auto gestohlen? Das ist einfach nur falsch."

Kaya fuhr vor Verärgerung beinah aus der Haut. „Er hat es mir vererbt, als er gestorben ist, okay? Es gehört mir!"

Verdammt, ihre Stimme zitterte wie immer, wenn sie an den freundlichsten, sanftmütigsten Drachengestaltwandler dachte, der je auf Erden gewandelt war.

Hotties Lächeln verschwand. Er legte den Kopf schief und musterte sie eingehend. Eine Minute lang gab er ihr Gelegenheit, sich zu sammeln, bevor er wider das Wort ergriff.

„Ein Drache mit einem klassischen Roadster?"

Sie zuckte mit den Schultern. „Mein Großvater ist nach dem Tod meiner Großmutter nach Palm Springs gezogen."

Der Jaguar war so ziemlich das Einzige, was sich ihr Großvater je gegönnt hatte, doch das musste Trey nicht wissen. Und erst recht musste er nicht wissen, was sich im Handschuhfach befand.

„So wie ich das sehe, gehört das Auto jetzt mir." Er fuhr mit einem Finger über die verchromte Scheinwerferhalterung. „Das teuerste Auto, das ich mir je gekauft habe. Neunzig Riesen."

Abrupt schoss Kaya ein Kloß in den Hals. Natürlich konnte er nicht einfach darüber hinwegsehen, dass sie ihn bestohlen hatte.

„Ich brauche das Geld."

„Ich auch", konterte er.

„Es ist wichtig."

Als er eine perfekte Augenbraue hochzog, verwandelte er sich damit vom sündhaft süßen Cowboy zum brandheißen Outlaw. Der Mann konnte mit winzigen Gesten, die ihm wahrscheinlich nicht mal bewusst waren, Attraktivität unterschiedlichster Art ausstrahlen.

Kaya straffte die Schultern. „Ich hab dir das Leben gerettet."

„Bin mir nicht sicher, ob das neunzig Riesen wert ist, Süße." Er grinste. „Und eigentlich erinnere ich mich nur daran, dass ich erst von Bärengestaltwandlern und dann von Wasserspeiern angegriffen worden bin. Von Rettung habe ich nicht viel mitbekommen."

„Im Casino haben sie dir was in den Drink gekippt. Sie hätten dich zu den Kampfgruben verschleppt, wenn ich nicht... äh... wenn ich nicht..."

Ihr ging ein wenig der Dampf aus, und sie musste nach Worten suchen, denn sie wollte nicht unverblümt damit herausplatzen. *Wenn ich dich nicht über Stock und Stein geschleppt hätte, um sie abzuschütteln, und dich nicht in ein Hotel gebracht hätte, wo ich dich den Großteil der Nacht besinnungslos gevögelt habe.* Oder auch: *Wenn ich nicht auf jeden steinharten Quadratzentimeter deines Körpers gehaucht hätte wie noch nie zuvor bei einem Mann.*

„Äh... äh...", stammelte sie weiter.

„Kampfgruben?", hakte er nach. Dann schüttelte er den Kopf, verwarf die eigene Frage. „Moment. Du kommst mir nicht wie eine Spielerin vor. Was hast du überhaupt im Casino gemacht?"

„Wie gesagt, ich habe das Geld gebraucht."

„Also wolltest du von vornherein an *mein* Geld ran?"

„Ich kann es erklären." Sie wurde unter seinem Blick zappelig.

Er überkreuzte die Fußgelenke und verschränkte die Arme vor der Brust. Sein Blick begutachtete ihre langen, nackten Beine, bevor er ein verschmitztes Grinsen aufsetzte. „Nur zu. Erklär es mir."

„Verdammt, gib mir ein Hemd oder irgendwas." Kaya verschränkte ebenfalls die Arme vor der Brust. Ihre Drachenhaut juckte höllisch, und es fiel ihr schwer, sich zu konzentrieren, während sie gleichzeitig diesen winzigen Teil ihrer Gestaltwandlerseite aufrechterhalten musste.

Seine feuchten Lippen schimmerten. „Plötzlich schüchtern?"

Innerlich zog sich ihr alles zusammen, als sie an einige der Laute zurückdachte, die sie in der vergangenen Nacht von sich gegeben hatte. Die Schreie. *Oh Trey! Härter! Tiefer!*

„Okay, dann zieh du die Jeans aus", forderte sie ihn heraus. „Damit wir auf Augenhöhe sind."

Einen erschreckenden Moment lang zuckten seine Daumen in den Hosentaschen, und seine Augen leuchteten auf. Dann fingerte er an seinem Kragen, als spielte er wirklich mit dem Gedanken, sich an Ort und Stelle zu entblättern.

Prompt nahmen ihre Nippel stramme Haltung ein, und ihr Gesicht musste Roter Beete geglichen haben. Obwohl sie schon reichlich nackte Männer gesehen hatte, löste Trey aus irgendeinem Grund völlig andere instinktive Reaktionen bei ihr aus. Sich nackt in den flüsternden Schatten der Nacht an ihn zu erinnern, war eine Sache. Denselben Anblick am helllichten Tag auf sich wirken zu lassen hingegen...

Kaya atmete tief aus, blies sich die Luft nach oben ins Gesicht und versuchte, es so zu kühlen.

Schließlich lenkte Trey ein – Gott sei Dank. Er ging zwei Schritte zurück, griff auf den Rücksitz und warf ihr ein Oberteil zu. Der Mistkerl hatte sogar genug Anstand, sich wegzudrehen, während sie hineinschlüpfte. Es wäre so viel einfacher gewesen, ihn zu verabscheuen, wenn er gelinst, dämlich gelacht oder zumindest anzüglich gegrinst hätte. Aber nein, auf einmal ließ er den charmanten, schlagfertigen Gentleman heraushängen.

Dreifach verflucht sollte er sein.

Sie zog den Saum nach unten, so weit es ging.

„Willst du auch die Hose?", fragte er.

Sie starrte ihn verdattert an. Wie um alles in der Welt war er ihm gelungen, sich ihre Klamotten zu schnappen, während er den Kopfgeldjägern entkommen war?

Als Nächstes flog Kaya ihre Hose zu und landete auf ihrem ausgestreckten Arm.

„Slip?" Grinsend schwang er ihn um einen Finger.

Kaya schnappte sich ihn und schlüpfte hinein, während er in einem Rucksack kramte. „Ich glaube, hier ist auch irgendwo ein BH..."

Ein Teil von ihr wünschte, er würde den BH einer anderen Frau hervorholen. Dadurch würde ihr viel leichter fallen, was sie tun musste – nämlich ihm sein Geld, ihr Telefon, ihre Kleidung und, ach ja, auch das Auto abluchsen.

Aber nein. Er zog ihren schwarzen Spitzen-BH heraus und hielt ihn ihr wie ein Friedensangebot hin. „Richtig. Da ist er."

Sie griff ihn sich und stopfte ihn in eine Gesäßtasche, bevor sie die andere abtastete. Wo war ihr Telefon?

„Also…“ Trey lehnte sich neben die Fahrertür. Wohl, um sie zu blockieren, falls Kaya eine schnelle Flucht versuchen wollte. „Die Erklärung.“

Kaya nahm alle Würde zusammen, die sie aufbringen konnte. „Ich bin dir keine Erklärung schuldig.“

„Stimmt, aber neunzigtausend Dollar“, erwiderte er ohne jede Verbitterung. „Also kannst du mir stattdessen zumindest die Erklärung geben.“

Sie ließ die Schultern hängen, weil er damit den Nagel auf den Kopf getroffen hatte. Sie hatte einen Unschuldigen beraubt – na ja, schuldig nur insofern, als er verboten heiß aussah und sie beim ersten Date unter Drogen gevögelt hatte. Kaya hatte ihn seinem Schicksal überlassen, als die Kopfgeldjäger in das Hotelzimmer eingedrungen waren. Sie hatte tatenlos zugesehen, wie er gegen drei Wasserspeier um sein Leben gekämpft hatte…

Gott, was hatte sie nur getan?

„Wozu brauchst du überhaupt ein Auto, wenn du fliegen kannst?“, fragte er. „Und warum waren die Wasserspeier hinter dem Wagen her?“

Sie presste die Handballen gegen die Augen und versuchte, sich der Realität zu entziehen. Die Wasserspeier arbeiteten für die Brutalos, die ihre Schwester hatten. Sie hatten sich an Kayas Fersen geheftet, sobald sie Las Vegas betreten hatte, und es war ihr nur mit Müh und Not gelungen, sie abzuschütteln. Sie mussten das Auto im Auge behalten und auf ihre Rückkehr gewartet haben.

Ein Schritt ertönte neben ihr. Und als sich eine Hand sanft auf ihre Schulter legte, musste sie an sich halten, um sich nicht an ihn zu lehnen und sich trösten zu lassen.

„Hey“, flüsterte Trey. „Was ist los?“

Sie schluckte und holte tief Luft, bevor sie sich zwang, das Kinn zu heben und die Wahrheit auszuspucken.

„Ich brauche das Auto, um meine Schwester zu befreien. Sie kann nicht fliegen.“

Er legte den Kopf schief.

„Halbschwester.“ Sie zuckte mit den Schultern. Sicherheitshalber hielt sie es für besser, ihm nicht zu verraten, was die andere Hälfte war.

Er nickte, als würde es für ihn überhaupt nicht verrückt klingen.

„Ist sie in Schwierigkeiten?" Seine Stimme wurde leise und grollend, als wäre er der Lone Ranger, kurz bevor er sich in den Sattel schwingt und zu seiner neuesten Mission aufbricht.

„Könnte man so sagen."

Mittlerweile schniefte sie, und verdammt, dafür gab es keinen Grund. Sie straffte die Schultern und sah ihm tief in die Augen – vorbei an seinem Mitgefühl und seiner Besorgnis. Konnte sie diesem Mann vertrauen?

Die Augen wirkten nun meeresblau. *Du kannst mir vertrauen.*

Einen Moment lang zögerte sie noch, dann knickte sie ein. Wen außer ihm hatte sie denn noch?

„Meine Schwester ist vor ein paar Wochen nach Las Vegas gekommen." Sie schüttelte den Kopf bei der Erinnerung an jenes erste Telefonat. Karen hatte ihr dabei vorgeschwärmt, wie toll sie alles fand, und sie hatte ihr erzählt, dass sie einen spitzenmäßigen Mann kennengelernt hatte. „Sie hat etwas Geld an den Spielautomaten gewonnen und danach viel mehr verloren. Und immer mehr." Kaya zuckte zusammen. Gott, wie konnte ihre Schwester nur so dumm sein? „Dann hat sie sich etwas von einem Kerl geliehen, den sie gerade erst kennengelernt hatte, und auch das verloren..."

Trey nickte während ihrer Schilderung. Eigentlich war es unheimlich vorhersehbar. Bis auf die Details, aber die würde sie für sich behalten.

„Dann kam ein panischer Anruf von ihr. Jetzt wird sie von dem Kerl festgehalten, bis sie das Geld beschafft. Und wenn es ihr nicht bis heute Abend gelingt..."

Trey legte die Stirn in Falten, als sie verstummte. „Was passiert dann?"

Kaya fuchtelte mit den Händen und wünschte, sie könnte den Rest weglassen. „Er hat gesagt, dann lässt er sie ihre Schulden abarbeiten. Auf die *lockere* Art." Sie zeichnete Anführungsstriche in die Luft schauderte beim Gedanken, dass ihre Schwester zahlenden Kunden als Sexspielzeug angeboten werden könnte.

Trey ergriff ihre Hand und drückte sie leicht. „Was ist mit der Polizei?"

Kaya schüttelte den Kopf. „Das sind Gestaltwandler. Wir können uns nicht an die Polizei wenden." Bevor er nach Einzelheiten fragen konnte, zum Beispiel danach, was für Gestaltwandler in die Sache verstrickt waren, fuhr sie rasch fort. „Deshalb brauche ich achtzigtausend Dollar..."

Stöhnend verdrehte er die Augen. „Neunzigtausend."

„Was?"

Er fuhr sich mit den Handflächen über die stoppeligen Wangen. „Sie haben heute Morgen angerufen, und ich musste bluffen..."

„Du hast was?", schrie Kaya auf und sprang zurück.

Er zuckte mit den Schultern. „Das Telefon hat geklingelt, ein Typ hat Geld verlangt, eine Frau hat gekreischt..."

Ihre Schwester hatte gekreischt? Kayas Magen krampfte sich zusammen.

„Ich musste was tun, also habe ich gesagt, sie würden fünf mehr kriegen."

„Fünf mehr?"

Er nickte. „Aber der Kerl wollte zehn..."

„Du hast um meine Schwester gefeilscht?", schrie Kaya.

„Was hätte ich denn sonst tun sollen?"

Hätte er nicht so gequält dreingeschaut, Kaya hätte ihn vielleicht geohrfeigt. So begnügte sie sich mit einem harmlosen Klaps gegen seine muskulöse Schulter und bemühte sich, das Kribbeln zu ignorieren, das die Berührung durch ihren Körper jagte.

„Was haben die gesagt?"

Er schaute auf wie ein gescholtener Welpe. „Mitternacht. Wir haben bis Mitternacht."

Kaya zuckte zusammen. *Wir.* Hatte er wirklich gerade *wir* gesagt?

„Also." Er nickte. „Wie sieht der Plan aus?"

Und so wurde sie von der holden Maid in Not zur Anführerin eines Rettungstrupps. Wenn auch eines sehr kleinen Trupps, der nur aus einer Drachendame und einem Wolf bestand.

Einer nervösen Drachendame und einem großen, imposanten Wolf, um genau zu sein.

Noch einmal sah sie ihm tief in die Augen. Dieselben Augen, die sie in jenem märchenhaften Moment ihrer ersten Begegnung gebannt hatten. Augen, die ihr dafür gedankt hatten, was sie vergangene Nacht im Bett mit ihm gemacht hatte – und mit sich hatte machen lassen.

Augen, die ihr nun versprachen, dass er es ernst meinte.

Sie drohte, darin zu ertrinken. Zum Glück legte er den Kopf schief und ergriff leise das Wort. „Ich helfe dir. Gern sogar."

Während er sprach, hatte Kaya das Gefühl, an den Worten zu ersticken. Und obwohl Trey zu einer Umarmung ansetzte, war sie es, die ihm förmlich entgegensprang und beide Arme innig um ihn schlang.

Die Anziehungskraft, die er auf sie ausübte, war schlichtweg verrückt. So verrückt, dass sie ihm uneingeschränkt vertraute. Andererseits war die gesamte Situation verrückt, oder?

Kaya holte tief Luft, löste sich aus der Umarmung und hob einen Finger. „Bin gleich wieder da."

Ein argwöhnischer Ausdruck verdrängte seinen verträumten Blick. „Wo willst du hin?"

Sie begann, sich wieder auszuziehen. Schnell, bevor sie ihren durchgeknallten Plan noch einmal überdenken konnte. „Halt das. Und das auch." Sie reichte ihm erst ihre Hose, dann ihre Unterwäsche.

„Äh..."

„Bin gleich wieder da." Sie versuchte sich an dem selbstsicheren, coolen Tonfall, den Trey so gut beherrschte.

Dann schnupperte sie und sprang hoch. Sie verwandelte sich in der Luft, erfasste einen Aufwind, stieg über den Hügel auf und sagte sich vor, dass sie nicht vollkommen verrückt war. Keine fünf Minuten später kehrte sie von der Mesa zurück, auf der sie die Beute versteckt hatte. Sie ließ die Segeltuchtasche mit einem dumpfen Laut auf die Motorhaube des Autos plumpsen und zog die Krallen ein. Kaum hatte sie sich zurück in menschliche Gestalt verwandelt, riss sie Trey ihre Sachen aus den Armen und zog sich an. Schnell.

„Ich mache dir einen Vorschlag, Hottie", sagte sie und versuchte, sich dabei groß und taff anzuhören.

Er zog eine perfekte Augenbraue hoch und wartete geduldig, als bekäme er so etwas jeden Tag zu hören.

„Es ist nicht unbedingt ein fairer Deal", räumte sie vorab ein. „Aber der beste, den ich dir anbieten kann."

„Ich höre."

„Hilf mir, meine Schwester zu befreien, dann überlasse ich dir das Auto."

„Was, wenn ich das Auto gar nicht will?"

Es klang nicht wie eine Drohung. Tatsächlich ertönte es geflüstert. Sein Blick heftete sich geradezu sehnsüchtig auf ihre Lippen.

Die Wüstenhitze pulsierte zwischen ihren Körpern, und Kayas Knie wurden weich. Genau wie damals, als sie ihn zum ersten Mal im Casino gesehen hatte und ihr das Blut in den Kopf geschossen war, als hätte sie Saltos geschlagen oder zu lange die Luft angehalten.

Trey beugte sich näher, und sie streckte sich ihm entgegen, bis sich ihre Lippen nur noch einen Zentimeter voneinander entfernt befanden. Einen Zentimeter zu viel, also legte sie ihm die Hände auf die Brust und holte ihn für einen Kuss zu sich. Einen Kuss, der da ansetzte, wo sie in der Nacht zuvor aufgehört hatten, und im Nu schob er ein Bein an ihr hoch, während sie die Hüften an ihn presste...

Der Kuss fühlte sich genauso gut an wie ihr erster. Vielleicht sogar besser, weil sie beide klaren Kopf hatten – zumindest so klar, wie es in den Klauen einer unsichtbaren Kraft ging, die sie beide zueinander drängte. Ein perfekter Kuss, der sich Kaya für immer ins Gedächtnis brennen würde. Plötzlich jedoch zuckten Treys Ohren. Seine Nasenflügel blähten sich, sein Kopf wirbelte zur Seite.

„Wir haben Gesellschaft."

Kaya blinzelte, und als ihr Verstand klar genug wurde, um etwas anderes als Glück und Wärme zu registrieren, hörte sie es auch. Ein Automotor. Tatsächlich sogar mehrere Motoren.

Drei schwarze Hummer tauchten um die Biegung auf. Trey trat einen Schritt vor, versperrte ihr die Sicht.

Er warf die Segeltuchtasche auf den Rücksitz des Sportwagens, dann streckte er einen Arm nach hinten und schirmte Kaya schützend ab.

„Erwartest du jemanden?" Sie reckte den Hals, um über seine Schulter zu spähen.

Trey schüttelte den Kopf. „Nein, aber wenn sie den Kampf gegen die Wasserspeier gesehen haben..." Er sprach nicht weiter, doch den Rest konnte sich Kaya denken. Vielleicht hatte sie nicht als einziges übernatürliches Wesen die Ereignisse gesehen und war Trey hierher gefolgt.

Sie spürte, wie sich sein Herzschlag beschleunigte.

„Kennst du diese Typen?"

Mit zusammengekniffenen Augen betrachtete er das Logo seitlich an den Fahrzeugen und versteifte den Körper. „Hab schon von ihnen gehört."

„Und ist es gut oder schlecht, dass sie hier sind?", fragte sie verhalten.

Trey legte den Kopf erst nach links, dann nach rechts schief. „Bin mir noch nicht sicher."

Kapitel 7

Trey behielt Kaya dicht bei sich, während ein halbes Dutzend Männer aus den Geländewagen ausstieg. Ihre Nasenflügel blähten sich, als sie genau wie er die Luft einsaugten: Wölfe, die sich gegenseitig beschnupperten.

Und nicht irgendwelche Wölfe, wie ihm das Logo *Lone Wolf* an der Seite der Hummer verriet.

Wäre Trey nicht zu beschäftigt damit gewesen, die eintreffenden Gestaltwandler im Auge zu behalten, er hätte niedergeschlagen die Schultern hängen gelassen. Alle hatten ihn vor dieser Reise quer durchs Land gewarnt, oder? *Halte dich aus Ärger raus,* hatte sein Vater ihn ermahnt, als er zum ersten Mal die Ostküste verlassen hatte. *Halte dich aus Ärger raus,* hatte seine Cousine Lana gesagt, bevor sie ihm am Tor der Twin Moon Ranch zum Abschied zugewinkt hatte. Von dort hatte er die Reise nach Westen fortgesetzt, nachdem er ein paar Monate auf der Ranch gearbeitet hatte.

Und nun steckte er mittendrin in einem Riesenhaufen Ärger. Skrupellose Angreifer, eine Verfolgungsjagd, eine Drachendame... Er war nicht bloß in Ärger hineingetappt, er war mit Anlauf hineingehechtet.

Trey schüttelte den Kopf. Der Teil mit der Drachendame gefiel ihm. Der Rest... Nun ja, der Rest war ein einziges Chaos.

Das gerade noch größer geworden war, denn das Lone Wolf Casino wurde vom Westend Rudel betrieben, vor dem man ihn gewarnt hatte. Ein Rudel, das er hätte meiden können, wenn er sich nur von Las Vegas ferngehalten hätte.

Hatte er aber nicht. Stattdessen stand er an der Seite seiner Drachendame, verankert von einer unsichtbaren Kraft, die zu akzeptieren er nicht bereit war.

Wie hatten die Westend Wölfe ihn gefunden? Bei genauerer Überlegung dürften sie wohl durch seine rasante Fahrt in einem roten Sportwagen durch Las Vegas auf ihn aufmerksam geworden sein, und auf der unbefestigten Straße ins Nirgendwo hatte er eine mächtige Staubwolke hinter sich hergezogen. Wenn das Westend Wolfsrudel so mächtig war, wie es hieß, hatte es bestimmt überall gestaltwandelnde Spione. Adler. Kojoten. Vielleicht hatte ihn sogar der verflixte Hase verpetzt, den er vor ein paar Kilometern beinah überfahren hätte.

Acht große Kerle in Jeans und weißen T-Shirts bildeten einen Kreis um Kaya und ihn, die behaarten Arme vor der Brust verschränkt. Einer brummte und ließ dabei spitze Zähne aufblitzen.

„Mitkommen."

Ein Befehl, keine Bitte. Trey stieg mit Kaya in den Jaguar und fuhr in die Richtung zurück, aus der er gekommen war. Dabei wurden sie auf der Schotterpiste kräftig durchgeschüttelt, bis sie endlich wieder auf rauen Asphalt und schließlich auf den Highway zurück nach Las Vegas gelangten. Er suchte den blassen Wüstenhimmel nach Wasserspeiern ab, aber sie schienen die Suche nach ihm aufgegeben zu haben.

Vorläufig jedenfalls.

Mit einem vorgetäuschten Gähnen streckte er eine Hand auf den Rücksitz und fegte die Tasche mit dem Geld auf den Boden außer Sicht.

Kaya kaute auf der Unterlippe. „Wer sind diese Typen?"

„Das Westend Wolfsrudel." Trey bemühte sich, unbekümmert zu klingen, als würden sie bloß harmlos über den Highway kreuzen, statt einem ungewissen Schicksal entgegenzufahren. Und als hätte er Kaya vorhin nicht schon wieder geküsst. Ach was, nicht bloß geküsst, regelrecht verschlungen. Und festgehalten. Anspruch auf sie erhoben.

Mit besorgt gerunzelter Stirn nestelte sie an ihren Fingernägeln. „Sind das gute oder böse Kerle?"

Dieselbe Frage stellte auch er sich.

„Laut meiner Cousine", antwortete er, „irgendetwas dazwischen."

Sie bedachte ihn mit diesem irritierten Blick, den sie so gut beherrschte. „Du kennst sie also nicht?"

„Nicht wirklich."

„Nicht wirklich?" Sie warf die Hände hoch.

„Hör mal, ich weiß nicht, wie das bei Drachen ist. Aber Politik unter Wölfen ist manchmal ein bisschen kompliziert."

„Kompliziert?"

„Kompliziert."

Er verstummte, als sie dem vordersten Hummer in ein Industriegebiet am Stadtrand folgten. Wenig später hielten sie vor einem riesigen Eisentor, das schwerfällig zur Seite rollte. Er ließ den Jaguar lange Zeit im Leerlauf brummen, hatte es nicht eilig, hineinzufahren. Jedes einzelne Nackenhaar sträubte sich ihm.

Mist. Seine Cousine Lana würde ihm das Fell über die Ohren ziehen, wenn sie herausfände, dass er den Westend Wölfen über den Weg gelaufen war. Ihr Rudel in Arizona und das Westend Rudel galten zwar offiziell als Verbündete, doch es handelte sich bestenfalls um eine Beziehung zu beiderseitigem Vorteil. Zudem um eine angespannte, wie er in den Monaten bei seiner Cousine erfahren hatte. Wenn Lana herausfände, dass er hier war – oder schlimmer noch, ihr Gefährte, der knallharte Alpha der Twin Moon Ranch...

Der Hummer hinter ihm ließ den Motor aufheulen, ein Zeichen für ihn, dass er auf das festungsartige Gelände fahren sollte.

„Meinst du, sie werden uns helfen?", flüsterte Kaya.

Trey zwang die Finger, nicht nervös am Lenkrad zu zittern. „Wenn etwas für sie dabei herausspringt..."

Er sah sie an, und sie schlug die Augen nieder.

Verdammt. Für diese gierigen Wölfe gab es bei der Sache eindeutig nichts zu holen.

Dabei ging ihm ein verirrter Gedanke durch den Kopf. Was war eigentlich für ihn drin?

Als hätte sie die Frage gespürt, flüsterte sie: „Es tut mir leid, dass ich dich da reingezogen habe."

Als er ihr in die besorgten Augen blickte, wurde ihm klar, dass er es nicht bedauerte. Kein bisschen.

„Es wird alles gut." Trey bemühte sich, zuversichtlich zu klingen. „Wir haben ja das Geld..."

Da war es wieder, dieses *Wir*. Und es brachte seinen Wolf zufrieden zum Brummen.

„Wenn sie es nur nicht finden." Kaya warf einen besorgten Blick auf den Rücksitz.

Trey schüttelte den Kopf und versuchte, optimistisch zu bleiben. „Wir haben die Telefonnummer, um den Austausch mit den Entführern zu arrangieren – und das Geld für deine Schwester. Jetzt müssen wir nur dieses Rudel davon überzeugen, dass wir nicht in sein Revier eindringen wollen, danach können wir uns auf deine Schwester konzentrieren. Okay?"

So leicht gesagt, so schwer getan. Die Wölfe ließen Trey aussteigen, winkten ihn eine große Treppe hinauf und filzten ihn dann im Flur. Auch Kaya wollten sie abtasten, bis er so laut knurrte, dass der Mann sie losließ.

Hände weg von meiner Frau.

Sie wurden durch einen reich verzierten Gang mit kitschigen goldenen Vorhängen und riesigen goldenen Quasten geführt – Quasten, wie Trey sie als Welpe begeistert in Fransen genagt hatte. Kaya rückte bei jedem Schritt näher zu ihm. Vor ihnen wurde eine massive Doppeltür geöffnet. Sie setzten den Weg in einen großflächigen Empfangsraum mit verspiegelten Wänden und weiteren goldenen Vorhängen fort. Ein billiger Versuch, den Palast von Versailles nachzuahmen. Die Umgebung brüllte geradezu: *Seht nur, wie reich und erfolgreich wir sind!*

Zwei Stufen führten zu einer Art Podest hinauf. Oben saß ein alter Gestaltwandler und betrachtete Trey mit finsterer Miene.

So ziemlich das Einzige, was dieser Ort mit dem Twin Moon Rudel gemeinsam hatte, war der mürrisch wirkende Alpha. Allerdings strahlte der Alpha der Twin Moon Ranch, Tyler Hawthorne, eine unerschütterliche Hingabe für sein Rudel aus. Soweit Trey gehört hatte, zeichnete sich der Rudelführer vor ihm eher durch unerschütterliche Hingabe für Reichtum aus.

Der bullige Wolf, der sie hereingeführt hatte, klappte die Brieftasche auf, die er Trey abgenommen hatte, und las von seinem Ausweis ab. „Trey Dixon.“

Trey zuckte zusammen, als sich die Augen des Alphas zu Schlitzen verengten.

„Dixon?“, sagte der Mann mit knurrendem Unterton.

Kein vielversprechender Beginn. Allerdings blieb Trey keine andere Wahl, als zu nicken.

„Irgendwie verwandt mit Lana Dixon?“ Der Alpha zog eine Augenbraue hoch.

„Meine Cousine.“ Je weniger er hinzufügte, desto besser. Es war bereits kompliziert genug.

„Und warum bist du hier?“, fuhr Roric fort, der Alpha des Westend Rudels.

Weil deine Handlanger mich aus der Wüste geholt und gezwungen haben, ihnen hierher zu folgen? Weil ich mich bloß um meine eigenen Angelegenheiten gekümmert habe, bis ich diese wunderschöne Drachendame getroffen habe und sich von da an alles verselbständigt hat?

„Also, äh...“ Krampfhaft suchte er nach einer passablen Antwort.

„Nur auf der Durchreise“, warf Kaya ein.

Ihre Hand zitterte in seiner, obwohl sie aufrecht und stolz dastand, als böte sie jedem Tag einem mächtigen Alpha die Stirn. Indem sie Treys Hand ermutigend drückte, brachte sie seinen Puls zum Rasen, und sein Herz setzte ein paar Schläge aus.

Er würde für sie von einer Klippe springen, und er wusste noch nicht mal, warum. Trey empfand es als beängstigend, wie schnell sein Wolf ihr verfallen war.

„Nur auf der Durchreise“, wiederholte der Alpha. Sein Ton triefte vor Ungläubigkeit.

Trey hob die Hände. „Ehrlich. Wir müssen uns nur um eine Kleinigkeit kümmern, dann...“

Roric verengte die Augen zu Schlitzen. „Was für eine Kleinigkeit?“

Kaya preschte mit einer Antwort vor. „Ich muss nur meine Schwester finden...“

Finden? sprach aus Rorics skeptischem Blick.

„Treffen! Ich meine, ich muss nur heute Abend meine Schwester treffen", korrigierte sie sich rasch.

Wie Roric sie musterte, bestärkte Trey in der Überzeugung, dass es besser wäre, so wenig wie möglich preiszugeben. Es war nicht nötig, Komplikationen zu riskieren, indem kopfgeldjagende Bären, verschuldete Schwestern oder sonst etwas erwähnt wurden.

„Und dann verschwinden wir", fügte Trey hinzu.

Rorics starrer Blick wurde derart intensiv, dass er vielleicht ein Loch in Treys Hemd gebrannt hätte, wäre an der Stelle nicht ein anderer Wolf eingetreten. Der Neuankömmling näherte sich Roric und flüsterte dem Alpha ins Ohr.

Was ist denn jetzt wieder? Trey wechselte einen Blick mit Kaya.

„Offenbar muss ich mich um eine dringende Angelegenheiten kümmern", brummte Roric schließlich.

„Kein Problem. Wir machen uns einfach auf den Weg und..."

„Tut ihr nicht", schnitt Roric ihr barsch das Wort ab.

Kaya wich einen Schritt zurück, während Trey finster dreinschaute. Kein kluger Schachzug vor einem unfreundlichen Alpha, aber die Stimmung für Höflichkeit war ihm vergangen. Niemand redete so mit seiner... seiner...

Gefährtin, steuerte sein Wolf bei.

Bekannten, beharrte die menschliche Seite seines Verstands.

Sein Wolf schnaubte und schüttelte den Kopf.

„Ihr werdet die Gastfreundschaft des Westend Rudels genießen." Rorics Tonfall verdeutlichte, dass es sich um einen Befehl handelte. „Um euch kümmere ich mich..." Er warf einen Blick auf die Armbanduhr. „Nach dem Essen. In vier Stunden."

Er klatschte in die Hände. Prompt eilten zwei Wächter herbei und führten Trey und Kaya durch einen Seiteneingang hinaus. Draußen wurden sie sofort von einer kurvigen Brünetten abgefangen. Die zierliche Frau musterte Treys Körper mit gierigem, abwägendem Blick von oben bis unten.

„Ich übernehme, Jungs", sagte sie zu den Wächtern.

Die beiden Männer traten einen halben Schritt zurück und schwiegen.

„Ich bin Sabrina", stellte sich die Frau überschwänglich vor und zwängte sich zwischen Trey und Kaya.

Seinem Wolf entfuhr angesichts der ungewohnten Wärme an seiner Seite ein spitzes Jaulen. Mein Gott, drückten da Brüste gegen seine Rippen?

Fehlte nur noch, dass sie seinen Hintern betatschte, während sie an seiner Seite marschierte und Kaya völlig ignorierte.

„Roric ist mein Vater." Sabrina setzte ein Krokodilslächeln auf.

Unterschwellige Bedeutung: *Wenn du es dir mit mir verscherzt, dann verscherzt du es dir mit meinem Vater.*

Trey zwang sich, sie nicht wegzuschubsen, obwohl sein Wolf in ihm knurrte. Kaya hatte Mühe, nicht unwillkürlich die Krallen auszufahren. Er konnte spüren, wie ihre Wut zu seiner Linken siedete.

Miststück. Kayas gedankliche Verwünschung ertönte laut und deutlich in seinem Geist. Treys Kopf wirbelte zu ihr herum.

Wow. Hatte er gerade wirklich Kayas Gedanken gehört? Das konnten nur Rudelkameraden oder vom Schicksal füreinander auserkorene Gefährten.

Sie ist keine Rudelkameradin, merkte sein Wolf selbstgefällig an. *Was bedeutet...*

Trey starrte Kaya mit großen Augen an, bis etwas seinen Arm berührte, das sich widerlich und glitschig anfühlte. Als er den Blick senkte, stellte er fest, dass sich Sabrina bei ihm eingehängt hatte, als wollte sie einen Nachmittagsspaziergang mit ihm unternehmen. Der wahrscheinlich in ihrem Schlafzimmer enden würde, wenn man danach ging, wie die notgeile kleine Wölfin mit der Hüfte gegen seine stieß. Unterschwellige Bedeutung: *Und übrigens, du kannst es mir gern an der nächstbesten Wand besorgen.*

Er schaute zu den Wächtern. *Äh, Leute, könnt ihr mir mal helfen?*

Die Männer grinsten nur und starrten geradeaus.

„Du siehst aus, als hättest du einen langen Tag hinter dir." Sabrina tätschelte seine Brust und gurrte wie eine Taube. „Vielleicht möchtest du dich ausruhen." Unterschwellige

Bedeutung: *Du kannst es mir gern den ganzen Nachmittag besorgen.*

„Äh...“

Sie steuerte mit ihm um eine Ecke und einen langen Flur hinunter.

„Deine Freundin kann dieses Zimmer benutzen.“ Sabrina deutete mit dem Kopf zu einer offenen Tür. Ihr flüchtig auf Kaya gerichteter Blick besagte: *Dieser Trampel kann dieses Zimmer benutzen.* „Und du kannst mit mir kommen, um...“

Mit einem Ruck befreite Trey den Arm aus Sabrinas eisernem Griff und huschte mit Kaya in das erste Zimmer. Er warf die Tür so schnell zu, dass ihm kaum Zeit blieb, Sabrinas verdattertem Gesicht ein paar Worte zuzurufen.

„Passt schon so, danke!“

Wumm! Die Tür erzitterte im Rahmen.

Trey rechnete fast damit, dass die junge Frau hereinstürmen würde. Stattdessen hörte er nur die schweren Schritte eines der Wächter und ein Klicken, als die Tür von außen verschlossen wurde.

Trey stieß die Luft aus sah sich um. Anscheinend erwartete ihn in Las Vegas auf Schritt und Tritt nur Ärger.

„Was jetzt?“, fragte Kaya.

Sie drehten sich beide im Kreis und begutachteten ihre Umgebung. Auf einem niedrigen Tisch stand eine Platte mit Aufschnitt und Brot, was ja noch recht nett war. Allerdings erwiesen sich die Fenster dahinter als vergittert. Eine Tür führte zu einem Badezimmer, in einer Nische stand ein Himmelbett.

Schön groß, meinte sein Wolf mit einem anerkennenden Pfiff. *Vier Stunden...*

Sein Blick wanderte zu Kaya, und er sah, wie sie den Blick abrupt niederschlug.

Ja, was jetzt?

Kapitel 8

Kaya biss sich auf die Unterlippe und starrte auf den Boden. Sie wusste nicht recht, ob sie den Augenblick als weiteres Hoch oder Tief ihres Achterbahntags werten sollte.

Mit Trey so nah vibrierte ihr gesamter Körper. Das empfand sie eindeutig als herrlich.

Aber Gitter an den Fenstern und eine verriegelte Tür? Das war eher... Kacke. Der Gedanke, gefangen zu sein, ließ sie erschaudern. Ein Fehler, denn Trey bemerkte es und strich mit der Hand über ihren Arm, womit er Funken in jedem Nerv entfachte.

„Alles in Ordnung?", erkundigte er sich in jenem tiefen, grollenden Tonfall, der vermittelte, dass er sie am liebsten vernaschen wollte.

„Alles bestens", quiekte sie und huschte von ihm weg.

Gott, es lief genau wie in der vergangenen Nacht ab. Auch da hatte sie ihren Plan in dem Moment aus den Augen verloren, als er sich ihr zu nahe befunden hatte.

„Äh, hast du Hunger?" Sie deutete in Richtung der Platte mit dem Aufschnitt.

Falsche Frage, denn der Ausdruck in Treys Wolfsaugen besagte: *Ja. Und ob.*

Hitze sammelte sich in ihrer Mitte, und sie konnte den Blick nicht mehr von ihm lösen.

Ein Grollen drang aus seiner Brust, ein elektrisches Summen erfüllte den Raum. Kaum hörbar. Wie das Geräusch von tausend kleinen Blitzen in der Luft zwischen ihren Körpern. Kaya beugte sich vor. Ihre Finger zuckten.

Es war wie bei der Begegnung mit ihm im Casino. Auch da schien sich das gesamte Universum so zu neigen, dass es sie in seine Arme trieb. Nicht, dass sie dagegen angekämpft hatte. Das hatte sie nicht im Geringsten.

Aber diesmal war es anders. Oder?

Mit einem Kopfschütteln versuchte Kaya, sich von der magnetischen Anziehungskraft zu befreien, die sie schon wieder zu ihm trieb. Ihre Schwester steckte in Schwierigkeiten, der Ablauf einer Frist näherte sich mit rasenden Schritten, und sie saß bei einem Wolfsrudel fest. Es war der falsche Zeitpunkt, um daran zu denken, wie gut sich Treys Haut auf ihrer anfühlen würde. Oder wie zärtlich seine Küsse auf ihrer nackten Brust landen würden. Oder wie tief er...

Sie zuckte zusammen und sprang praktisch von ihm weg. „Äh... Ich werde... äh...“ Ihr Blick heftete sich auf die offene Badezimmertür und die Duschkabine dahinter. „Ich gehe duschen.“

Sehr kalt.

Bevor er dagegen protestieren konnte – und sie sah ihm an, dass es ihm auf der Zunge lag –, flüchtete sie ins Bad, schloss die Tür und lehnte sich dagegen. Ihr Atem ging stoßweise, als wäre sie von dem großen Wolf draußen hereingejagt worden statt von ihren eigenen Ängsten. Wie weit würde sie diesmal gehen, wenn sie es zuließe? Wie viel von ihrem Herzen würde sie ihm in Windeseile aushändigen?

Kalte Dusche. Rasch zog sie die Socken aus. Eine extrem kalte Dusche, das brauchte sie. Gefolgt von einem neuen Plan.

Ihn besinnungslos vögeln und dann hier ausbrechen? schlug ihre innere Drachendame vor.

Kaya drehte den Wasserhahn ganz nach rechts, entledigte sich der restlichen Kleidung und stieg in die Kabine. Das eiskalte Wasser entlockte ihr einen spitzen Aufschrei. Sie umklammerte die Armatur und zwang sich, es zu ertragen.

Von der Kälte bekam sie Kopfschmerzen. Ihre Haut fing rosig zu schillern an. Sie verlor jegliches Gefühl in den Zehen. Und dennoch wollte das pulsierende, qualvolle Verlangen tief in ihrem Körper einfach nicht weichen.

Sie drehte den Wasserhahn auf warm. Vielleicht würde das funktionieren.

Aber es lullte sie nur ein, bis sie sich benebelt fühlte. Sie schloss die Augen, während sich Dampf in der Duschkabine verteilte. Dabei redete sie sich ein, dass sie das Wasser zum Schnurren brachte, nicht die Vorstellung von Treys warmer Berührung. Sie hielt sich vor Augen, dass sich ein Stück Seife über ihren Körper bewegte, nicht Treys Hand.

Dann jedoch öffnete sich die Duschtür mit einem leisen Rauschen klimatisierter Luft, und das war keine Einbildung. Ohne hinzusehen, wusste sie, dass es Trey war – der Mann, den sie erst seit dem Vortag kannte und der ihr dennoch bereits das Herz gestohlen hatte.

„Kaya.“

Irgendwie überraschte sein Flüstern sie nicht. Im Gegenteil, es jagte eine Hitzewelle durch sie.

„Kaya“, flüsterte er erneut.

Sie stand mit dem Rücken zu ihm und nickte kaum merklich.

Die Dampfwolke verdichtete sich, als er hinter ihr eintrat und die Glastür schloss. Als er mit der Hand über ihre Wirbelsäule fuhr, hätte sie beinah laut geschnurrt.

„Ich finde, hier gehört geschrubbt“, sagte er so leise, dass sie es um ein Haar überhört hätte.

Kaya bewegte sich kaum – und ließ zu, dass er ihr die Seife aus der Hand nahm.

„Du musst auf jeden Fall hier eingeseift werden“, murmelte er und strich über ihren Rücken.

Sie presste die Lippen zusammen und versuchte, nicht darüber zu stöhnen, wie gut es sich anfühlte oder wie es ihre Nippel verhärtete und ihre Säfte zum Fließen brachte. Gleichzeitig bemühte sie sich, den Hintern nicht zu sehr an ihm zu reiben und umklammerte den Wasserhahn fester als zuvor.

„Schön“, flüsterte er.

Das Flüstern schürte ihre innere Hitze zusätzlich.

Die cremige Seife wurde um ihre Rippen und zart in Richtung ihres Busens verteilt. Treys schwielige Finger verliehen den Berührungen genau den richtigen Pepp. Denn *sanft* allein würde nicht lange anhalten, wie Kaya wusste. Letztlich würde er zu *leidenschaftlich* und *heiß* übergehen, worum ihr Körper bettelte.

Seine Hand legte sich um ihre Brust, sein Daumen kreiste stetig um den Nippel. Sie wölbte sich ihm entgegen, ermutigte ihn, sich beiden Seiten zu widmen, während seine harte Länge ungeduldig gegen ihren Rücken stieß.

Gott, was wollte sie diesen Mann. Sie wollte ihn, wie sie noch nie zuvor etwas gewollt hatte.

„Trey", flüsterte sie. „Das ist so schön..."

Ein zufriedener Atemstoß kitzelte ihr Ohr, und seine Erektion stupste sie eindringlicher.

„Wie vermutet", ertönte seine belegte Stimme.

Sein großer, breiter Fuß drängte sich zwischen ihre Füße, und sie spreizte die Beine, um ihm Platz zu geben. Trey schöpfte eine Handvoll des herabprasselnden Wassers über ihren Busen und leitete es nach unten zu ihrem Venushügel.

„Gott, Trey...", murmelte Kaya und presste sich nach hinten gegen seine Lenden.

Eine weitere aufgefangene Handvoll Wasser ließ er diesmal tiefer wandern. Und tiefer...

Sein linker Arm, stark und drahtig wie der Ast eines Baums, schlang sich um ihre Taille. Die Finger seiner rechten Hand glitten zwischen ihre Beine, teilten ihre Scham, geilten sie auf.

Kaya warf den Kopf zurück und murmelte etwas Unverständliches.

„Wie ist das?", fragte er sie. „Fühlt sich das gut an?"

Gut war wohl kaum das richtige Wort für das Paradies, das mit einem Aufblitzen grellen Lichts die Pforten für sie öffnete.

Er schob zwei Finger tief in sie und krümmte sie, bis Kaya jaulte wie eine läufige Katze.

„Ja, es fühlt sich gut an." Er nickte. Keine eingebildete Geste, die vermittelte, dass er ach so viel Macht über sie ausübte, eher bewundernd und forschend. „Und was ist damit?"

Sie versteifte den Körper, als sich ein dritter Finger zu den ersten beiden gesellte. Dann starrte sie zur Decke und riss den Mund auf, als sich ihr ein stiller Schrei der Ekstase entrang. Sie hoffte, Trey würde es nicht bemerken. Ein bisschen Stolz sollte sich eine Drachendame schon bewahren, oder?

Seine linke Hand ruhte auf ihrem Bauch, während sich die Finger in ihr in die Richtung krümmten, bis Kaya vor Ekstase aufheulte. Sie packte seine Hand und verstärkte den Druck.

„Schneller", presste sie zwischen zusammengebissenen Zähnen hervor. „Tiefer."

Auch sein Atem ging in schweren Stößen, als er ihrer Aufforderung nachkam. Zwei Finger der einen Hand in ihr, ein dritter Finger kreiste von der anderen Seite. Es brachte sie zum Beben und zum Schreien.

„Trey!"

„Komm für mich, Kaya", flüsterte er mit rauer Stimme, als stünde er statt ihr kurz vor dem Höhepunkt.

Sie schloss die Augen und stellte sich seine Härte in ihr vor. Sie *wollte* für ihn kommen, nicht nur für sich selbst. Als er mit den Zähnen über ihren Hals schrammte, brach ein intensiver Orgasmus über sie herein.

Ihr Stöhnen klang heiser und weit entfernt, während ihre gesamte Welt erbebte. Jeder Muskel ihres Körper schauderte, als sie sich dem herrlichen Gefühl hemmungslos hingab. Welle um ekstatische Welle schwappte über Kaya hinweg, bis sie schlaff und selig in seinen Armen hing.

In der einen Minute fühlte sie todmüde, in der nächsten wirbelte sie in seinen Armen herum und küsste ihn leidenschaftlicher als jemals jemanden zuvor. Gierig kreiste ihre Zunge, ihre Hände zogen seinen Körper mit einem Ruck an ihren.

Ihr Bein wanderte bereits an seinem hoch, ihre Finger packten fest zu.

„Okay, Cowboy", stieß sie atemlos hervor, als sie den Kuss unterbrach. „Zeit fürs Bett."

Er zog eine Augenbraue hoch. „Zeit fürs Bett?"

Er zog ihr Bein höher, und eine Sekunde lang dachte sie, er würde sie hochheben und gleich an der Wand nehmen. Was ihr auch recht gewesen wäre. Aber im Grunde wollte sie mehr als das – sie wollte ihn mit seinem vollen Gewicht in sie eindringen spüren.

„Ja, Zeit fürs Bett. Für dich und mich im Bett."

Seine Finger umklammerten ihre Seiten fester.

Wollte er etwa überredet werden? Konnte er haben. Sie senkte die Lippen zu seinem Ohr und flüsterte mit sinnlicher Stimme. „Bett. So heiß und hart, dass ein Missionar erröten würde."

Ein wissendes Grinsen breitete sich in Treys Gesicht aus, als er sie auf die Füße senkte.

„Hört sich gut an", murmelte er und schob die Tür der Duschkabine auf. „Hört sich sogar sehr gut an."

Kapitel 9

Trey besaß nur eine vage Erinnerungen an ihr erstes Mal in der vergangenen Nacht. Eine himmelschreiende Schande. Geradezu kriminell. Als würde man Weihnachten, Neujahr und den eigenen Geburtstag verschlafen, alles hintereinander.

Also beobachtete er, lauschte und schnupperte, prägte sich jedes Detail ein. Winzige Wassertropfen liefen über Kayas Körper, als er sie aufs Bett legte. Ihre Augen leuchteten, ihre Fingerspitzen bohrten sich in seine Arme. Der Geruch ihrer Erregung vermischte sich mit dem der seinen zu einem durchdringenden Cocktail, der seinen Wolf zum Heulen brachte.

„Kommst du, Wolf?" Ihre Füße strichen neckisch außen an seinen Oberschenkeln entlang.

Oh, und ob.

„Du wirst so was von kommen", murmelte er. „Sehr, sehr bald."

Ihre Atmung beschleunigte sich, und Trey dankte dem Himmel dafür, dass er Drachendamen genauso lustvoll wie Wölfe gestaltet hatte.

Aber verflucht. Womit sollte er anfangen?

Seine bestes Stück stimmte dafür, sofort ans Werk zu gehen. Sein Wolf hingegen verlangte brüllend danach, ihren Hals genauer zu beschnuppern, und seine Hände bettelten um mehr von diesem perfekten, straffen Busen.

Trey schob die Gedanken beiseite, denn es gab nur einen Weg, es richtig anzugehen.

Mit einem Kuss.

Langsam und zärtlich. So sehr sein Körper ihn überspringen wollte, seine Seele brauchte diesen Kuss.

Er rutschte an ihrem Körper nach oben, nahm ihr Gesicht in die Hände und senkte die Lippen auf ihre. Dabei schloss er die Augen und genoss das Seufzen, das sich ihr entrang, noch bevor sich ihre Münder berührten. Gleich darauf war er es, der seufzte, als er spürte, wie vollkommen ihre Lippen zueinander passten. Sie öffnete leicht den Mund, und Gott, schmeckte sie herrlich. Wie Pfirsiche. Wie Honig. Beinah wie Sonnenschein. Ihre Hände verharrten auf seinen Rippen. Die nächste Minute lang bewegten sich nur ihre wild pochenden Herzen und ihre Lippen.

Bis Trey spürte, dass sich sein Wolf praktisch zu ihm beugte, ihm auf die Schulter tippte und sagte: *He, Kumpel. Du hast deinen Kuss bekommen. Jetzt will ich meinen.*

An dem Punkt wurde aus dem Kuss ein wildes Ringen um mehr, mehr und nochmals mehr, bei dem Kayas Drachendame bereitwillig mitspielte.

„Sag mir, was du willst", stieß sie zwischen tiefen, leidenschaftlichen Küssen hervor. „Sag mir, was dir gefällt."

„Ich will dich", murmelte er und rutschte an ihrem Körper tiefer, um ihren Hals zu küssen.

Will lecken, kam von seinem Wolf. *Und knabbern, nur ein bisschen. Vielleicht sogar…*

Trey zog mit einem Ruck an einer unsichtbaren Leine und rutschte tiefer, ohne auf den Protest seines Wolfs zu achten.

Ich hab nur geschnuppert! beteuerte das Tier. *Ehrlich!*

Trey schüttelte den Kopf. Für ihn stand fest, dass es hierbei um mehr als guten Sex ging – richtig guten, der sein Herz und seine Seele zum Jauchzen brachte. Aber er würde auf keinen Fall zulassen, dass sein innerer Wolf die Gelegenheit für etwas Überstürztes nutzte. Wenn wirklich etwas dran war am Konzept von füreinander bestimmten Gefährten…

Natürlich gibt es das! zischte sein Wolf.

Und wenn Kaya wirklich seine vom Schicksal auserkorene Gefährtin war…

Natürlich ist sie das!

Dann würden sie später als zwei vernünftige Erwachsene darüber reden, nicht als zwei heißblütige Gestaltwandler.

Reden? protestierte sein Wolf abfällig. *Was gibt es da zu bereden?*

Alles. Zum Beispiel, wie um alles in der Welt eine Drachendame und ein Wolf zusammenleben sollten...

Wie zum Teufel denn nicht?

Darauf wusste Trey keine Antwort. Ausnahmsweise hatte der Wolf ihm die Sprache verschlagen.

Aber egal. Er drängte das Tier zurück. Das alles war für später. Vorerst ging es nur darum, gegenseitig ihre Körper auf die bestmögliche Weise kennenzulernen. Und für ihn darum, sich jede erlesene Kurve, jede weiche Erhebung und jede harte Kontur ihres Körpers tief ins Gedächtnis zu brennen.

„Sag mir, was ich tun soll", flüsterte Kaya und strich mit den Händen über seine Schultern.

Er senkte die Lippen auf ihr Schlüsselbein. Ihre Brust hob und senkte sich unter tiefen, verlangenden Atemzügen.

„Das." Er küsste sich den Weg zu ihren Brüsten. „Ich will das."

„Das?" Aus dem Wort wurde ein Quieken, als er sich einen Nippel zwischen die Lippen klemmte.

Er leckte in Kreisen, senkte sein Körpergewicht auf sie.

„Das." Er nickte. „Ich will, dass du dich zurücklegst und mich dich erkunden lässt."

Sie antwortete mit einem sehnsüchtigen Stöhnen.

„Ich möchte mir jeden Quadratzentimeter von dir einprägen." Er knabberte an der Unterseite der drallen Erhebung.

Kaya seufzte wohlig. Ihr Brustkorb hob sich mit einem langen Atemzug.

„Ich will dich berühren. Überall."

Als sie die Knie einladend spreizte, heulte sein Wolf auf.

Trey strich mit der Nase über ihren Bauch, inhalierte tief und sank zwischen ihre Schenkel.

In der vergangenen Nacht hatte ihn irgendeine Chemikalie benebelt. Nun hingegen berauschten ihn der Duft ihrer Haut und ihre Erregung, die sie aus jeder Pore verströmte. Und die verrückten kleinen Laute, die Kaya von sich gab, als er die Zunge in ihre Mitte stieß.

Sie mochte eine Drachendame sein, miaute allerdings praktisch wie ein Kätzchen, als er sie auf Touren brachte.

Er schaute auf. „Ist das schön?"

Ihre Hände krallten sich in die Laken. Mit zurückgeneigtem Kopf atmete sie in flachen, japsenden Stößen.

„Ich fasse das als ja auf." Schmunzelnd tauchte er wieder ab.

„Trey..." Sie zog an seinen Schultern. „Ich bin so nah dran."

Er fuhr mit der Zunge ein letztes Mal nach oben und kostete sie mit offenem Mund. Auch er stand kurz davor – so kurz, dass es schmerzte.

„Bitte." Als sie den Kopf hob, zeichneten sich ihre Bauchmuskeln wie eine Hügelkette ab. „In mir. Ich brauche dich in mir."

Er löste sich vom Paradies und schob sich ihren Körper entlang nach oben.

„Bereit?" Behutsam spreizte er ihre Beine weiter, um Platz für seine Härte zu schaffen.

Kaya schüttelte mit einem milden Lächeln auf den Lippen den Kopf. „Als ob du das fragen musst."

∞∞∞∞

Kaya klemmte die Beine um Trey, so bereit wie noch nie in ihrem Leben. Mehr als bereit, denn ihr Verstand eilte ihr zwei Schritte voraus und malte sich seine heißen Bewegungen in ihr aus.

Und als er in sie eintauchte, schnappte sie nach Luft. Er war so dick, so hart, und der kurze Schmerz fühlte sich so, so gut an. Haut an Haut, denn im Augenblick scherte sie ein Kondom einen Dreck.

Sie stöhnte auf, als er erst einen Zentimeter tiefer vordrang, dann noch einen. Definierte, muskulöse Arme, an denen pralle Adern hervortraten, schlossen sie links und rechts ein. Seine Beine zitterten, und sie spürte, dass er gegen seinen inneren Wolf ankämpfte, um ihr Zeit zu geben.

Sie wusste nicht, was für Partnerinnen er gewohnt war – und wollte auch definitiv keine Einzelheiten wissen –, aber wenn er dachte, Drachendamen bräuchten es *langsam* und *vorsichtig,* dann stand ihm eine Überraschung bevor.

Stöhnend krallte sie an seinem Rücken. „Tiefer." Verdammt, nun bettelte sie auch noch. Aber wie könnte sie widerstehen?

Als er zustieß, blieb ihr die Luft weg. *Du hast es so gewollt,* besagte die Bewegung, die damit endete, dass seine Hüften gegen ihre stießen und er tief, tief in ihr steckte.

„Kaya", sang er förmlich.

Sie spannte die inneren Muskeln um ihn herum an und wünschte, sie könnte die Geräusche aufzeichnen, die er von sich gab. Noch nie hatte jemand ihren Namen zu einer eigenen Melodie geformt. Noch nie.

„Kaya", flüsterte er.

Diesmal klang seine Stimme heiser und trotzdem gut. Aber sie lagen nicht zum Singen oder Flüstern in diesem Bett, also leckte sie sich über die Lippen und presste zwei Worte heraus.

„Noch mal", verlangte sie. „Noch mal."

Er winkelte die Hüften nach rechts an und stieß erneut zu, traf kraftvoll eine Seite ihrer Scheidenwände. Dann zog er sich zurück, diesmal leicht nach links, und wiederholte den Vorgang auf der anderen Seite. Raus und rein, raus und rein, immer mit dem herrlichen Seitendrall, der ihre Begierde steigerte, sie weiter dehnte und wilder werden ließ.

Kaya grub die Fersen in seinen Hintern und tanzte mit ihm, lehnte sie nach links und rechts in seine Bewegungen wie bei einem sinnlichen Walzer. Die letzten Sonnenstrahlen fielen schräg durch das Fenster ein und an die Wände. Das Zimmer wurde zu einer Zeitmaschine und versetzte sie weit, weit zurück in die Ära der Höhlenmenschen. Primitive Urinstinkte übernahmen die Oberhand und verdrängten bewusstes Denken, zumindest für eine kleine Weile. Es gab nur sie und diesen Wolf, der Besitz von ihr ergriff. Durch und durch.

Kaya schloss die Augen und genoss die erlesene, sengende Hitze seiner Bewegungen. Sie konzentrierte sich darauf, genauso viel zu geben, wie sie bekam, spannte die inneren Muskeln an, wölbte sich seinen Bewegungen entgegen.

Machte sie es richtig? Sie linste hin. Trey biss die Zähne zusammen, hatte die Augen geschlossen, murmelte ihren Namen – ja, sie stellte sich wohl ziemlich gut an.

Also machte sie damit weiter, zog sich innerlich bei jedem Stoß wie ein Schraubstock zusammen und entlockte dem Mann ein Stöhnen nach dem anderen, genau wie er ihr.

Hart am Rand einer schier unglaublichen Entladung rief sie seinen Namen.

Sein Körper befand sich so dicht über ihrem, dass der Schweiß von seiner Brust nicht auf sie tropfte, sondern glitt. Und verdammt, sogar das fühlte sich gut an. Unglaublich gut. Unerträglich gut.

„Trey..." Ihre Stimme bebte, bis sie sich nicht mehr zurückhalten konnte. Dann rollte eine Welle von Empfindungen nach der anderen wie eine Dampfwalze über sie hinweg. Darunter auch Emotionen, verdammt, unter anderem eine geradezu verzweifelte Sehnsucht nach etwas, das sie nicht zu benennen vermochte.

Gefährte, steuerte ihre Drachendame bei. *Mein Gefährte.*

Trey stöhnte und spannte den gesamten Körper an, während er Kaya vollständig ausfüllte, und sie umklammerte ihn mit sämtlichen Gliedmaßen, hielt ihn innig fest.

Ihr Herz schlug wie wild. Sein Atem ging in flachen Stößen. Das Pochen in ihrer Brust konnte ebenso gut Treys Herzschlag sein wie ihr eigener. Seine Finger schlossen sich um ihre wie in der Nacht zuvor. Dann breitete sich eine träge Ruhe über Kaya aus, als er erst auf sie sackte, bevor er sich zur Seite drehte und sie in seine Arme schloss.

Mein, säuselte ihre Drachendame. *Mein.*

Eigentlich sollte sie derlei verrückte Gedanken prompt ausmerzen, konnte jedoch schlichtweg nicht die Willenskraft dafür aufbringen. Widerstand schien zwecklos zu sein. Und verdammt: Versuchung hatte sich noch nie so gut oder richtig angefühlt.

„Mein", murmelte Trey, und sie schmiegte sich enger an ihn, schlang die Arme über seine.

Ein ganzes Leben zog in einer Minute vorbei, und Kaya bereute keine Sekunde davon. Sie wickelte sich nur noch fester in die Decke seiner Wärme und hielt an einem Hoch fest, das sowohl ihren Körper als auch ihre Seele emporhob.

„Wow", murmelte sie, die Kurzzusammenfassung für: *Verdammt, war das höllisch gut.* Vielleicht hätte sie sich schon früher mit einem Wolf einlassen sollen.

Unwillkürlich lachte sie. Als hätte sie zu Hause im abgelegenen Wyoming einen riesigen Stall voller wunderschöner Wölfe mit stahlharten Muskeln zur Auswahl. Als hätte sie je zuvor einen solchen Mann getroffen.

Nach einem Kuss auf seinen Arm klappte sie die Lider zu. Sie würde nie wieder woanders suchen müssen.

„Was ist?" Er tippte ihr auf die Schulter, und sie rollte sich herum. Dann drückte sie ihm einen Kuss auf die Lippen. Einen harmlosen Kuss nach den Sturmböen, in denen sie gerade erst gefangen gewesen waren, trotzdem stach er daraus hervor. Liebe inmitten von Lust. Poesie inmitten von Leidenschaft.

Sie presste die Lippen zusammen und hielt an seinem Geschmack fest. „Du... Ich meine, wir. Ich meine, das hier..."

In seinen Augenwinkeln erschienen die Fältchen eines Lächelns. „Ich glaube, ich weiß, was du meinst."

Wirklich? Sie suchte in seinem Gesicht nach Hinweisen auf eine Lüge oder einen einstudierten Spruch, entdeckte jedoch nichts dergleichen. Nur Freude, Verwunderung und... wow, Furchtlosigkeit.

Kaya holte tief Luft und beruhigte die Nerven. Zumindest die wenigen rastlosen, die noch genug Energie hatten, um zu flattern. Alle anderen schnarchten bereits rundum zufrieden. Vielleicht sollte sie gerade ihnen trauen statt den nagelnden Zweifeln. War es wirklich möglich, so schnell Liebe zu entwickeln?

„Hey", flüsterte er und drückte sie an seine Brust.

Sie legte ein Ohr auf seine Haut und lauschte dem beruhigenden, gleichmäßigen Schlag seines Herzens.

„Ich verstehe es ja auch nicht." Aus solcher Nähe empfand sie seine Stimme als tiefes Grollen. „Aber da ist etwas, das meine Mutter immer gesagt hat..."

Sie hob das Kinn und suchte seinen Blick.

Er strich ihr das Haar zurück, klemmte es ihr hinter die Ohren. „Manchmal muss man einfach vertrauen."

Langsam lehnte sie den Kopf wieder an ihn. Ihr gefiel, wie sich das anhörte. Sehr sogar.

„Willst du die Version meines Vaters davon hören?", fragte sie wenig später und durchbrach damit das Gefühl der Möglichkeiten, das sich über sie beide gesenkt hatte.

„Gern. Was?"

Sie senkte die Stimme und ahmte den rauen Bass ihres Vaters nach. „Vertrau nie jemandem. Schon gar keinem Mann."

Trey lachte, und Kaya wurde dabei durchgeschüttelt. „Was ist mit einem Wolf?"

„Ha." Sie rollte sich so herum, dass sie von Kopf bis Fuß an seinem Körper anlag, wodurch die Matratze noch tiefer einsank. „Über Wölfe hat er nie etwas gesagt."

„Da haben wir's ja." Trey zeigte auf sie, als hätte er es von Anfang an gewusst. Seine Augen leuchteten, als er die eigenen Worte wiederholte. „Da haben wir's."

Wir. Ein Wort, das sie am liebsten einrahmen und sich für immer an die Brust drücken würde, wenn sie nicht schon ihn umklammert hätte.

Er wiegte sie ein wenig, und sie seufzte. „Erzähl mir was, Wolf."

„Was immer du willst", antwortete er ohne jedes Zögern.

„Erzähl mir..." Sie überlegte, was sie unbedingt erfahren wollte. Aber was musste sie über den Mann wissen, das er ihr nicht schon durch Worte und Taten gezeigt hatte? „Äh..."

Schmunzelnd fing er an, die Titelmelodie einer Gameshow zu summen. „Ich warte, Süße."

Er ahmte einen gedehnten Akzent nach, also begann sie damit. „Woher kommst du?"

„Massachusetts."

Abrupt schaute sie auf. „Massachu..."

Er lachte. „Enttäuscht?"

Sie schüttelte den Gedanken ab.

„Zuletzt habe ich in Arizona gearbeitet", erklärte er. „Auf der Ranch meiner Cousine."

Daher also stammte das Flair eines Cowboys.

„Hast du dort Pokern gelernt?"

Seine Augen funkelten schelmisch. „Unter anderem."

Hm. Sie hatte fast ihr gesamtes Leben in Wyoming verbracht und wollte auch nie wirklich weg von dort. Was war mit ihm?

„Warum bist du von zu Hause weggegangen?"

„Keine Ahnung. Ich wollte einfach... mal was anderes." Sein Blick wanderte gemächlich durch den Raum, von den Vorhängen über die Decke zur Nachttischlampe und schließlich zu Kaya. Und auf einmal wurde sein Blick konzentriert. Wegen irgendetwas stockte ihm der Atem, und sein Adamsapfel hüpfte.

Kayas Herz schlug schneller, als er sie so ansah.

Mühsam löste er den Blick von ihr, und verdammt, sie hätte gutes Geld darauf gewettet, dass ihn gerade die Erkenntnis ereilt hatte, was dieses *etwas* sein könnte.

Drachenfolklore strotzte vor geheimnisvollen Kräften wie Schicksal, Vorsehung und Glücksfällen, aber nichts davon wurde je benutzt, um Liebe zu erklären. Schicksal war ein kollektives Kopfschütteln, das folgte, wenn ein Drache nachts gegen eine Felswand prallte und in den Tod stürzte. Vorsehung war ein Schulterzucken, das mit dem Schiffbruch eines geschäftlichen Unterfangens einherging. Von einem Glücksfall sprach man bei der Pointe eines Witzes, den zwei Drachen exakt gleichzeitig erzählten.

Liebe wiederum bezeichnete ein Drachenpaar, das es in einer Samstagnacht miteinander trieb.

Keines dieser Worte schien stark genug zu sein, um *das* zu erklären. Nicht einmal *Schicksal*.

Aber soweit Kaya gehört hatte, glaubten Wölfe an diese Begriffe wie Fanatiker an Propheten und Götter. Es galt als legendär, dass Wölfe ein Leben lang nach Gerüchen schnüffelten, die ihrer Überzeugung nach vom Schicksal stammten. Und dass Junggesellen unter ihnen von einem Tag auf den anderen entschieden, es wäre an der Zeit, häuslich zu werden. Und dass sich Gefährten unter ihnen ein Leben lang in die Augen blickten und nächtliche Duette heulten.

Wölfe, so pflegte ihr Großvater zu sagen, waren ein Rätsel.

Liebe, so meinte ihre Mutter, war ein Rätsel.

Kaya starrte in Treys Augen, die leuchteten wie der Mond über dem Meer.

Dann räusperte er sich, murmelte etwas davon, sich sauber machen zu wollen, und verschwand im Badezimmer.

Trey. Wolf. Mann.

In jeder Hinsicht ein Rätsel.

Kapitel 10

Vier Stunden. Sie hatten vier Stunden.

Die ersten beiden verbrachten sie damit, sich gegenseitig in die Augen zu blicken, zu rammeln wie die Karnickel und zu gurren wie Turteltäubchen.

Dann überlegten sie eine Stunde lang, was sie als Nächstes tun sollten. Immerhin rückte Mitternacht näher und näher.

In der letzten Stunde kehrten sie dahin zurück, es zu treiben und sich in jenem kleinen Zimmer blind an Hoffnung zu klammern, weil die Welt so einfacher verständlich zu sein schien.

Trey stieg zum zweiten Mal in vier Stunden aus der Dusche und zog sich gerade noch rechtzeitig an, bevor er das schwere Schloss klicken hörte. Zwei Wolfsgestaltwandler öffneten die Tür und deuteten mit den Köpfen in Richtung des Flurs. Ein unmissverständlicher Befehl.

Trey nahm Kaya an der Hand und hielt sie fest, als sie den Weg zurück zu dem Raum marschieren mussten, den er als Thronsaal betrachtete.

Weit und breit kein Fenster. Nicht mal eine Uhr – nur haufenweise Spiegel mit goldenen Rahmen, die jeden seiner Schritte zu verhöhnen schienen. Der Ort erinnerte an ein Casino, nur wesentlich ruhiger.

Und irgendwie hatte er nicht das Gefühl, dass er ihn als Gewinner verlassen würde.

Kacke, Kacke, Kacke. Noch vor wenigen Stunden hatten Kaya und er alles gehabt, was sie brauchten – das Geld und die Telefonnummer. Sie hätten nur noch den Entführer ihrer Schwester anrufen und den Austausch arrangieren müssen. Es wäre ganz einfach – wenn sie nur von diesen Wölfen wegkämen.

Sein Spiegelbild blickte ihm spöttisch entgegen. *Hast du echt gedacht, es würde einfach?*

Beklommenheit nagte an seinen Eingeweiden. Er zog Kaya so nah zu sich, dass ihre Schulter bei jedem bangen Schritt gegen die seine stieß.

„Dixon." Die grollende Stimme ließ ihn jäh den Kopf heben. Roric, der Alpha, blickte finster von seinem Podest herab wie ein mittelalterlicher König.

Um ein Haar hätte Trey zurückgeknurrt. Allein hätte er sich diesem mächtigen Mann vielleicht unterworfen. Aber mit Kaya an der Seite übernahmen seine sturen Instinkte eines Alphas die Oberhand. Die Beschützerinstinkte. Er streckte die Brust vor, stellte sich breitbeinig hin, um zu verdeutlichen, dass er sich nicht unterkriegen lassen würde.

So starrte er zurück, und der Blick des herrschenden Rudelführers bannte ihn.

„Da dachte ich, wir hätten nur zwei harmlose Besucher..." Roric lief auf und ab wie ein rastloser Löwe.

Nicht vielversprechend.

Kayas Finger verstärkten den Griff um Treys Hand, während Roric bei sich nickte. „Also habe ich ein paar Anrufe gemacht..."

Trey verkniff es sich, das Gesicht zu verziehen. Mist.

„Anscheinend hat Lana Dixon von der Twin Moon Ranch keine Ahnung, dass ihr Cousin mein Revier besucht."

Das war einerseits gut, weil Trey so wenigstens das Twin Moon Rudel aus dem Ärger heraushalten konnte, in den er gestolpert war. Andererseits schlecht, weil er damit als einsamer Wolf ohne Rückendeckung von irgendjemandem dastand.

Dumm gelaufen. Hatte er wirklich gedacht, er könnte in Las Vegas aufschlagen und die Stadt unbemerkt um ein paar tausend Dollar reicher wieder verlassen?

Er versuchte es mit der Wahrheit. „Ich wollte per Anhalter nach Los Angeles, und ein Trucker hat mich hier rausgelassen."

Roric ignorierte ihn, lief weiter auf und ab. „Ich verabschiede mich von Lana, lege auf, und was passiert als Nächstes?"

In der bedeutungsschweren Pause, die darauf folgte, schaute Trey finster drein. Woher zum Teufel sollte er das wissen?

„Da ruft mich doch glatt jemand anders an und fragt, welcher Mistkerl seine Wasserspeier ausgelöscht hat." Roric warf Trey einen frostigen Blick zu. „Nein, warte. Konkret hat er gefragt, was für ein verdammter Mistkerl von einem *Wolf* seine Wasserspeier ausgelöscht hat. Er wollte wissen, ob es einer von meinen war."

Mist. Er hatte den Alpha des Westend Rudels nicht nur verärgert, er war ihm auch auf den Schlips getreten.

„Also habe ich mich meinerseits gefragt, ob jener Wolf vielleicht etwas mit dem zu tun hat, der bei uns hereingeschneit ist."

Trey biss die Zähne zusammen. Als hätte er freiwillig diese verrückte Wolfshöhle betreten.

„Und die kleine Lady scheint eigene Probleme zu haben." Roric grinste Kaya an.

Sie versteifte den Körper. Trey auch. Kleine Lady?

„Wie es scheint, schuldet sie einem Geschäftspartner von mir Geld."

Kayas Finger bohrten sich Treys Hand, während ihre Lippen eine schmale Linie bildeten. Vielleicht kämpfte sie so wie er dagegen an, die Zähne ihres inneren Tiers auszufahren.

„Und wie sich herausstellt, ist es derselbe Geschäftspartner, dessen Wasserspeier beschädigt wurden."

Beschädigt. Als hätten sie sich einen Nagel eingerissen und wären nicht frontal gegen einen Bus und ein Stahlgerüst gekracht.

„Was macht ein Wolf in so einer Lage?" Rorics steife Haltung verdeutlichte, dass er darauf keine Antwort erwartete. Schließlich seufzte er auf eine Weise, die besagte: *So viel Arbeit in meinem kleinen Reich, und so wenig Zeit dafür.* „Also habe ich beschlossen, meinen Geschäftspartner einzuladen, um diese Missverständnisse ein für alle Mal zu klären."

Warum bloß gefiel Trey nicht, wie sich das anhörte?

Eine große, dunkle Gestalt mit glattem, schwarzem, zu einem Pferdeschwanz zusammengebundenem Haar trat auf der linken Seite des Raums aus den Schatten. Der Mann trug einen maßgeschneiderten, durchgehend schwarzen Anzug von Armani, der seine blasse Haut beinah durchscheinend wirken ließ.

Trey schenkte er keine Beachtung. Stattdessen heftete sich sein Blick sofort auf Kaya und begutachtete jeden Quadratzentimeter ihres Körpers.

Ihre Hand erzitterte in seiner. Trey konnte sie nur weiter festhalten. Ein Knurren drang aus seiner Kehle.

„Kaya Proulx, nehme ich an", sagte Rorics Geschäftspartner. Sein Akzent klang leicht europäisch. Er verneigte sich, als wäre er ein Graf oder dergleichen. Als er sich aufrichtete und lächelte, zeigten sich die Spitzen seiner Zähne.

Kaya schnappte nach Luft, als sie begriff.

Eine Sekunde später tat Trey es ihr gleich. Keine Zähne, sondern Fänge. Vampirfänge. Der Kerl, der ihre Schwester als Geisel hielt, war ein verdammter Blutsauger?

Trey schnupperte und stellte fest, dass er nicht das Geringste riechen konnte – typisch für Vampire. Ein waschechter Blutsauger mit spitzen Reißzähnen.

Trey sah Kaya an. *Hast du den Teil mit dem Vampir zu erwähnen vergessen?*

Sie schaute entschuldigend drein. *Nur ein winziges Detail.*

Winziges Detail? Ihre Schwester hatte keine Schulden bei irgendeinem Spieler aus Las Vegas, sondern bei einem *Vampir*. Und Vampire galten als verschlagene, hinterhältige Kreaturen, die selbst dem stärksten Wolf das Leben aussaugen konnten. Vampire kämpften schmutzig und suchten sich Schwächere als Beute aus.

Und doch stand dieser Blutsauger irgendwie mit den Westend Wölfen in Verbindung. Trey starrte Roric finster an. Wie konnte ein Wolf so tief sinken, dass er sich mit solchem Gesocks einließ?

Roric zuckte unbekümmert mit den Schultern, eine Geste, die sagte: *Geschäft ist Geschäft, Jungchen.*

Genau davor hatte Lana ihn gewarnt. Beim Westend Rudel herrschte eine unter Wölfen ungewöhnliche Söldnergesinnung.

„Ich habe schon so viel von dir gehört", sagte der Vampir zu Kaya. „Wir haben sehnsüchtig auf deinen Besuch gewartet." Sein Blick blieb an ihrer Brust hängen, und eine scharlachrote Zunge leckte über seine blassen Lippen.

Ein zweiter Vampir erschien hinter ihm, dann ein dritter, der eine steife Gefangene vor sich herschob.

„Nimm die Hände von mir, Arschloch", fauchte die Frau.

„Karen!" Kaya stürmte vorwärts.

Trey packte sie am Arm und zog sie zurück. Auf keinen Fall würde er Kaya in die Nähe eines Vampirs lassen. Die Blutsauger befanden sich so schon viel zu nahe. Weit genug wäre es erst ab einem Radius von tausend Kilometern.

„Hi, Kaya." Karen seufzte und schüttelte den Griff des Vampirs ab. „Tut mir leid, dass ich hier bei halb Transsilvanien hängen geblieben bin." Sie verdrehte die Augen und zog ihre Namen durch den Kakao. „Igor und Iwan."

Die Brünette, die Kaya unheimlich ähnlich sah, sprach sie so übertrieben falsch aus, dass die Vampire ihrerseits die Augen verdrehten.

Der Erste korrigierte sie, offensichtlich nicht zum ersten Mal.

Ein verhaltenes Grinsen trat auf Karens Lippen. „Mir egal."

Mann, war sie temperamentvoll. Genau wie ihre Schwester.

„Wir haben das Geld", platzte Kaya heraus. „Wir wollten es euch bringen."

„Ach ja?" Igor, der Anführer, zog eine schmale Augenbraue hoch.

„Eigentlich habe ich es." Grinsend hielt Roric die Tasche mit dem Geld hoch, die seine Männer wohl aus dem Auto geholt hatten.

„Das ist mein Geld!", stießen Kaya und Trey wie aus einer Kehle hervor.

„Jetzt gehört es mir." Roric grinste unverändert.

„Das würdest du nicht tun", fauchte Kaya.

Roric zog herausfordernd die Augenbrauen hoch. Natürlich würde er.

„Ich überlasse es gern meinem Geschäftspartner als Entschädigung für seine Verluste." Roric warf Trey einen anklagenden Blick zu. „Abzüglich einer kleinen Gebühr für eure Rettung aus der Wüste."

„Rettung?", stieß Kaya empört hervor.

Trey knurrte unverhohlen. Er hatte also versehentlich Unruhe in dem Pakt zwischen Rorics Rudel und den Vampiren gestiftet. Aber wenn es hart auf hart käme, würden Wölfe doch bestimmt zusammenhalten, oder?

Roric schüttelte den Kopf. *Kannst du vergessen, Junge.*

Igor schnippte sich einen Fussel vom Ärmel und seufzte. „Zuverlässige Wasserspeier sind heutzutage so schwer zu finden. Und vom Preis, den Hexen für neue verlangen, will ich gar nicht erst reden...“

„Natürlich mache ich alles, um reibungslose Geschäftsbeziehungen aufrechtzuerhalten.“ Roric zuckte über Treys ungläubigen Blick nur mit den Schultern. *Ja, diese Vampire sind Snobs, aber was soll man machen?*

Trey schüttelte den Kopf. Wo er herkam, beschrieben Wölfe und Vampire vorsichtshalber einen großen Bogen umeinander. Aber er befand sich in Las Vegas und beim zwielichtigen Westend Rudel. Warum also war er nicht überrascht?

Igor strich sich mit einem zarten Spitzentaschentuch über die Nase. *Heiden,* besagte sein abweisender Blick.

„Das ist unser Geld!“ Kaya streckte sich zu voller Größe. Ihre Augen blitzten auf, und Trey fragte sich, ob sie gleich Feuer speien würde. Ein Trick, der in einem solchen Augenblick ausgesprochen nützlich wäre.

Er bleckte in Richtung der Vampire die Zähne, stärkte ihr den Rücken. Eigentlich hätte er Kaya korrigieren sollen. Streng genommen handelte es sich immer noch um *sein* Geld, doch irgendwie war ihm das egal. Die Grenze zwischen dem, was Kaya und ihm gehörte, wurde zunehmend grauer und verschwommener. Nichts davon zählte, solange sie zusammen waren – und zusammen blieben.

Für immer, brummte sein Wolf.

„So ein Pech“, sagte Igor höhnisch und betastete Karens Haar. „Aber ich bin sicher, deine Schwester arbeitet gern ab, was sie mir schuldet.“

Karen riss sich von ihm los und knurrte. „Nur über meine Leiche.“

Igor bedachte sie mit einem frostigen Lächeln. „Das wäre die harte Tour, meine Liebe. Aber auch das lässt sich arrangieren.“

Die Vampire hinter ihm leckten sich die Lippen.

Karen grinste. „Ihr glaubt wirklich, ihr könnt reines Drachenblut trinken? Mit all dem Quecksilber in meinen Adern?“ Sie ließ die Worte wie eine Drohung einwirken. „Das bezweifle ich.“

Trey sah Kaya an. Hatte sie nicht gesagt, Karen wäre ihre Halbschwester und könnte nicht fliegen? Demnach war Karen nur zur Hälfte eine Drachendame und würde wohl auch nicht den hohen Quecksilbergehalt im Blut haben, der reinrassige Drachen vor Vampiren schützte.

Dennoch stand Karen stolz und unerschütterlich da, zog einen brandgefährlichsten Bluff mit einem perfekten Pokerface ab. Trey fragte sich, bei welchem Spiel sie verloren haben konnte, dass sie in derartige Schwierigkeiten geraten war.

Igors Augenwinkel zuckten, als er darum kämpfte, die Fassung zu bewahren. Karen verhielt sich als Gefangene eindeutig nicht so kooperativ, wie es ihm lieb gewesen wäre. Eher wie in *Das Lösegeld des Roten Häuptlings* – der Geschichte von dem kleinen Jungen, der seine Entführer dermaßen in den Wahnsinn trieb, dass sie am Ende seine Familie dafür bezahlten, ihn zurückzunehmen.

„Die edelsten Vampire können sehr wohl Drachenblut trinken.“ Igor beugte sich bedrohlich vor. „Außerdem kann es destilliert werden. Vergiss nicht, meine Liebe, es gibt die sanfte Tour und die harte Tour...“

„Ich zeige dir gleich die harte Tour“, raunte Karen und ballte eine Hand zur Faust.

Trey trat vor, bevor sie damit ausholen konnte. „Vergiss sie.“

Igor lachte. „Und was genau hast du, womit du handeln könntest?“

Trey musste an sich halten, um dem Vampir nicht selbst die geballte Faust ins Gesicht zu schlagen. Ja, verdammt, was hatte er schon?

„Das Auto. Du kannst das Auto haben.“

„Großvaters Auto?“, kam schrill von Karen. „Auf keinen Fall.“

Kaya schüttelte vehement den Kopf, und Trey starrte alle beide an.

Igor ließ einen halb genervten, halb gelangweilten Laut vernehmen. „Ich habe alle Autos, die ich brauche."

Kaya sah sich im Raum um, als suchte sie verzweifelt nach irgendeiner Verhandlungsmöglichkeit. Trey bedachte Roric mit einem flehenden Blick. Bestimmt würde der alte Wolf...

Roric schnaubte und winkte seine Wächter vorwärts. *Befreit meinen Thronsaal von diesem Gesindel*, hätte er vielleicht befohlen, wenn Igor nicht zuerst das Wort ergriffen hätte.

„Eine Möglichkeit gäbe es vielleicht..." Ein nüchterner, abwägender Blick musterte jeden Quadratzentimeter von Treys Körper.

Er spürte, wie ihm der kalte Hauch des Todes in den Nacken wehte, während er sich fragte, was Igor im Schilde führte.

„Zwei meiner Kundschafter haben einen neuen Kandidaten für die Gruben gesichtet", murmelte Igor. „Ich frage mich, ob du das sein könntest."

Kaya erstarrte an seiner Seite. „Nein. Auf keinen Fall."

Trey sah den Vampir mit schiefgelegtem Kopf an. Die Gruben?

„Nein!" Kaya packte ihn am Arm. „Nicht die Gruben."

Sie sah ihm so tief in die Augen, dass er dem unausgesprochenen Befehl um ein Haar gehorcht hätte. *Tu es nicht. Das darfst du nicht riskieren.*

Igor hüstelte einen Wink mit dem Zaunpfahl, und Trey schwenkte den Blick von Kaya zu ihrer Schwester. Irgendwie musste er die beiden befreien. Und verdammt: Er konnte genauso gut kämpfen wie jeder andere Wolf. Besser sogar. Und da er keine anderen Ideen hatte...

„Nicht", warnte Karen.

Aber was sollte er sonst tun?

„Mal angenommen, ich kämpfe", wandte sich Trey an den Vampir. „Und ich gewinne. Dann sind wir frei. Alle drei."

Es schmerzte geradezu, das dumpfe, flackernde Rot in Igors Augen anzusehen. Dennoch überwand sich Trey mit angespanntem Körper, nicht wegzuschauen. Auf keinen Fall würde er vor diesem Arsch einknicken. Er konnte kämpfen und gewinnen.

Das musste er.

Igors blasse Lippen verzogen sich zu einem spöttischen Lächeln. „Einverstanden." Die Einwilligung war so schnell erfolgt, dass sich Trey unwillkürlich fragte, worauf er sich gerade eingelassen hatte.

„Und das Auto", platzte Kaya heraus. „Wir bekommen auch das Auto."

Trey sah sie blinzelnd an. Herrje, an dem Jaguar musste ihr wirklich unheimlich viel liegen.

Und anscheinend auch an ihm, denn gleich darauf drückte sie seine Hand und flüsterte ihm mit belegter Stimme zu. „Ich schulde dir etwas, mein Wolf."

Sein Herz stieg ein wenig so auf wie Kaya in jener ersten Nacht vom Balkon des Hotelzimmers. Jener verrückten Nacht, auf die dieser wilde Tag gefolgt war. Ein Tag, an dem er nichts ändern würde, wenn er sie dadurch verlöre.

Er schluckte den Kloß in seinem Hals hinunter und zwang sich zu Konzentration. Zuerst kämpfen. Später paaren.

Gefährtin, brummte sein Wolf. *Meine Gefährtin.*

Zum ersten Mal protestierte seine menschliche Seite nicht dagegen. Stattdessen murmelte sie mit. *Gefährtin. Meine Gefährtin.* Da er sich inzwischen an den Gedanken gewöhnt hatte, klang es umso besser.

Igor schnippte in Richtung seiner Männer mit den Fingern. Einer holte ein Handy hervor. „Lass den Plan für heute Abend ändern." Mit einem Grinsen im Gesicht wandte er sich an Trey. „Mitkommen. Wir haben keine Zeit zu verlieren."

Einer der Vampire packte Karen. Prompt rammte sie ihm den Ellbogen in die Rippen. Allerdings fügte sie sich, als ein zweiter Vampir mit der Hand ihren Nacken umklammerte. „Schon gut, schon gut..."

Roric schmunzelte. „Und auf einmal habe ich unverhofft Bargeld für eine Wette in der Hand." Er blätterte das Geldbündel durch, das er aus der Tasche gezogen hatte. „Wer kämpft heute Abend?"

„Kyrill", sagte der zweite Vampir.

Roric stieß einen Pfiff aus. „Eine sichere Bank.“

Kaya glotzte ihn mit wildem Blick an. *Für wen?*

Trey schüttelte das mulmige Gefühl ab, das sich in seinem Magen ausbreiten wollte. Alles fügte sich zusammen, nur passte die Symmetrie dabei so gar nicht. Das von ihm gewonnene Geld hatte ihn mit Kaya zusammengebracht. Nun wurde dasselbe Geld gegen sein Leben verwettet. Eigentlich gegen alle drei Leben, denn das Los von Kaya und Karen ruhte auf seinen Schultern.

Er atmete tief durch. Das Schicksal spielte anscheinend gern mit ihm. Die Frage war nur, ob es ein glückliches oder ein tragisches Ende für sie vorgesehen hatte...

Kapitel 11

Kaya stieg halb stolpernd aus dem vor Chrom und Leder strotzenden SUV der Vampire aus. Grelles Neonlicht schien ihr in die Augen und ließ sämtliche Alarmsirenen in ihr schrillen. Noch nie war sie so versucht gewesen, die Flügel auszufahren und schleunigst nach Hause zu fliegen.

Scarlet Palace, verkündete das Leuchtschild des Casinos.

„Trautes Heim, Glück allein", murmelte einer der Vampire.

Kaya riss sich mit erhobenem Kinn zusammen. Sehnsüchtig wünschte sie, Trey wäre an ihrer Seite, aber ihn hatte man in ein anderes Fahrzeug gesteckt, das eine andere Route genommen hatte.

Ihn davonfahren zu sehen, hatte sich wie ein Abschied von der Heimat, von der Familie und jeder lieben Erinnerungen gleichzeitig angefühlt. Vielleicht war es doch nicht so verrückt von Wölfen, an vorherbestimmte Gefährten zu glauben.

Kaya zwang sich, tief durchzuatmen. Sie musste kühlen Kopf bewahren und sich überlegen, wie sie aus dem Schlamassel entkommen könnte.

„Bewegung." Der Vampir stieß sie vorwärts.

Wie eine zu lebenslanger Haft Verurteilte saugte sie noch einmal tief die frische Luft ein, bevor sie durch die doppelt verglasten Eingangstüren stolperte.

Der Klang von Jazz drang an ihre Ohren, der Geruch von Geld und Rum bestürmte ihre Nase. Ihre Augen schmerzten von all den blinkenden Lichtern, die hysterisch um Aufmerksamkeit bettelten.

„Das ist ja wie Weihnachten auf Steroiden", murmelte Karen. „Kannst du fassen, dass ich hier eine Woche lang überlebt habe?"

„Ich kann nicht fassen, dass du überhaupt in so einen Schla-massel reingeraten bist", gab Kaya knurrend zurück. Sie liebte ihre Schwester, aber verdammt, diesmal hatte sich Karen wirk-lich hoffnungslos übernommen.

„Das erkläre ich dir später", flüsterte ihre Schwester und klang dabei so seltsam entschlossen, dass Kaya sie unwillkürlich ansah. Was gab es da zu erklären?

Igor winkte zwei Türsteher beiseite und ging zu einer Reihe von VIP-Aufzügen voraus. Dort deutete er mit dem Kopf in Richtung der offenen Türen. „Meine Damen."

„Verfluchte Blutsauger", brummelte Karen und rührte sich nicht vom Fleck.

Kaya zerrte ihre Schwester in den Aufzug. „Musst du sie auch noch provozieren?", zischte sie, während Igor draußen ei-nige Anweisungen blaffte.

Karen wand sich frei. „Gibt man diesen Arschlöchern einen Finger, nehmen sie sich gleich die ganze Hand."

Kaya glaubte zwar eher, sie würden sich ein paar Liter Blut nehmen, hielt aber den Mund.

Igor betrat mit zwei seiner Handlanger die Kabine. Einer steckte einen Schlüssel in ein unbeschriftetes Schloss am Bedi-enfeld unter all den anderen Knöpfen. Der Aufzug fuhr nach unten los.

Kaya zählte fünfzehn Stockwerke. Dabei orientierte sie sich an dem regelmäßigen Rumpeln vor den geschlossenen Türen, während sie tiefer und tiefer sanken. Fünfzehn Stockwerke un-ter der Erde?

Der Fahrstuhl ließ ein Bimmeln vernehmen, und Karen seufzte. „Willkommen im untersten Kreis der Hölle."

Kaya setzte sich in Bewegung, stieg aus und hielt inne, als ihr aus einem dunklen Gang der Lärm einer jubelnden Men-schenansammlung entgegenschlug. Als Igor sie schubste, folgte sie Karen und dem Vampir zu einer Aussichtsplattform hoch über einer offenen Arena. Eine aufgekratzte Menge aus mehre-ren Tausend Köpfen zeigte hinab auf einen Ring aus Sand. Dort befanden sich zwei geduckte Gestalten in einem kreisförmigen Bereich. Zuerst dachte Kaya, es wäre ein Boxring. Dann er-kannte sie, dass es sich um eine Gladiatorengrube handelte, begrenzt von einer Mauer aus Stein mit Statuen römischer Götter und Kaiser darauf.

„Oha. Sind wir in Las Vegas oder im alten Rom?", fragte sich Kaya laut.

„Das Grundprinzipien von Unterhaltung hat sich seit zweitausend Jahren nicht geändert", kommentierte Igor und schwenkte gelangweilt die Hand. Sein Atem kitzelte Kayas Ohr. Schnell trat sie einen Schritt vor. Schon seit dem Verlassen des Westend Rudels saß er ihr entschieden zu dicht im Nacken. Sein Blick folgte ihren langen Beinen nach oben und beobachtete dann, wie sich ihre Brust hob und senkte. Der Vampir mochte vielleicht nicht in der Lage sein, ihr das quecksilberhaltige Drachenblut auszusaugen, doch er hätte andere Möglichkeiten, sie zu verletzen.

Sie sah sich um. Karen, Trey und sie mussten einen Weg nach draußen finden, und zwar schnell.

Aus den Lautsprechern dröhnte die Stimme eines Ansagers, aber Kaya verstand kein Wort.

„Jetzt ist der Annihilator dran." Ein begeisterter Zuschauer las einem anderen aus einem gedruckten Programm vor, als Kaya an ihnen vorbeiging.

Die Menge stimmte den Namen in Silben an und steigerte ihn zu einem furchterregenden Schrei nach Blut.

„Hier entlang, meine Damen." Igor zeigte auf einen roten Teppich, der zu einer privaten Loge führte.

„Bei erstbester Gelegenheit zeige ich ihm, wie eine *Dame* einem Arsch in die Klöten tritt", brummelte Karen vor sich hin.

Karen, der Wildfang. Karen, die Klugscheißerin. Karen, die noch dafür sorgen würde, dass sie alle in einem namenlosen Wüstengrab endeten.

„Hör auf damit", zischte Kaya.

Igor zeigte auf gepolsterte Sitze neben seinem. Jeder war groß genug, dass sich Kaya an einem gemächlichen Wochentagabend mit einer Schüssel Popcorn, einem guten Film und einem anständigen Mann an der Seite darin verlieren könnte.

Einem Mann wie Trey. Die Vorstellung, sich an einem solchen Plätzchen an einem ruhigen Mittwochabend an ihn zu kuscheln, entfachte kleine Funken in ihr – bis Karen ihre Kaugummiblase platzen ließ und Kaya in die bittere Realität zurückholte. Kein Kuscheln. Keine Ruhe. Kein Trey.

Sie kauerte sich auf die Kante ihres Sitzes und betrachtete die Umgebung. Verdammt, wo steckte er?

Von ihrer Fantasie blieb gerade mal das Popcorn, das einige Zuschauer gierig in sich hineinstopften. In diesem Höllenloch gab es keinen Frieden, nur primitiven Blutdurst, der unter der Oberfläche des rauen Umfelds pulsierte.

„Eiscreme! Bier! Limonade!" Eine breitschultrige Verkäuferin trug wie beim Münchner Oktoberfest riesige Biergläser vor sich her und stellte ihr freizügiges Dekolleté zur Schau.

„Setzt eure Wetten! Jetzt gleich, meine Damen und Herren, jetzt gleich!" Ein dünner Mann im Nadelstreifenanzug strich sich eine Strähne seines zurückgegelten Haars glatt. Kaya schnupperte und entdeckte einen deutlichen Hundeanteil in seinem Geruch.

Noch ein Wolf? Sie sah ihre Schwester an.

„Hyäne", sagte Karen, ohne erneut hinzusehen. „Sie verwalten die Wetten. Die Bären sind für den Sicherheitsdienst zuständig..."

Kaya schaute zu den stämmigen Männern mit orangefarbenen Westen, die jeden Gang bewachten. Ja, eindeutig Bärengestaltwandler. Einer scheuchte gerade eine übereifrige Frau zurück zu ihrem Platz, während ein anderer die Zähne vor einem Mann bleckte, der sich zu einem Sitz am Ring schleichen wollte.

„Aber wie...", begann Kaya.

Karen deutete mit dem Kopf nach oben, vorbei an den Bühnenscheinwerfern. „Die Hexen wirken gerade genug Magie auf die Gruben, um dafür zu sorgen, dass die reinen Menschen im Publikum nur das sehen, was sie sehen sollen – entweder andere Menschen oder Tiere, aber nichts dazwischen."

Kaya kniff die Augen gegen die grellen Lichter zusammen und spähte zu einer Glaskabine hoch oben in der Arena hinauf. Darin entdeckte sie drei alte Frauen mit blaustichigem Haar. Hexen, keine Frage. Eine polierte sich die Fingernägel. Eine andere blätterte durch die Seiten des *People Magazine*. Die dritte gähnte, legte kurz ihr Strickzeug beiseite und ließ den Blick über die Menge wandern.

„Pass auf", sagte Karen.

Die Hexe setzte sich aufrechter hin. Kaya folgte ihrem Blick zu einem Bereich der Menge, in dem es vor reinrassigen Menschen strotzte. Unter ihnen befand sich auch ein Elchgestaltwandler, der offenbar so sehr im Kampfgeschehen aufging, dass er vergaß, seine animalische Seite zu verbergen. Sein Geweih kam nach und nach zum Vorschein. Eine menschliche Frau in der Reihe über ihm öffnete den Mund zu einem Schrei. Die Hexe wackelte mit den Fingern und wirkte einen stillen Zauber. Gleich darauf schüttelte die menschliche Frau den Kopf, verwarf die verrückte Vision und wandte die Aufmerksamkeit wieder dem Geschehen im Ring zu.

Die Hexe nickte zufrieden und strickte weiter.

„Siehst du, was ich meine?", sagte Karen.

In der Kampfgrube näherten sich zwei Gestalten einander. Ein Löwe und ein Grizzly, die beide wild knurrten.

„Hierher, Kätzchen, komm", köderte der Bär seinen Gegner. Kaya hörte die Worte verschlüsselt aus seinem Gebrüll heraus.

Die Menge jubelte, und Karen beugte sich dicht zu Kayas Ohr. „Die Menschen sehen nur die animalische Seite der kämpfenden Gestaltwandler. Eigentlich sollen sie in der einen oder anderen Gestalt bleiben, aber manchmal entgleitet es ihnen."

Der Löwe knurrte. „Verfluchter...", begann er mit verständlichen Worten, die in Gebrüll endeten.

Niemand zuckte mit einer Wimper, und ein Blick zu den Hexen in der Kontrollkabine zeigte, dass eine der anderen zuzwinkerte.

„Ich dachte, Tierkämpfe wären verboten", sagte Kaya.

Karen verdrehte nur die Augen. „Wir sind hier in den Gefilden von Las Vegas, die das Gesetz nicht tangiert. Hier ist alles möglich."

Dem konnte Kaya nicht widersprechen. Das hatten die letzten Tage in Las Vegas wieder und wieder bewiesen.

„Welche anderen Zauber können die Hexen wirken?", fragte sie.

Karen schnaubte abfällig darüber. „Nicht viele, glaub mir. Es sind drittklassige Hexen."

Igor seufzte. „Gute Hexen sind so schwer zu finden."

„Mir blutet das Herz vor Mitgefühl", gab Karen zurück.

Er grinste. „Auch das lässt sich einrichten."

Kaya stieß ihrer Schwester den Ellbogen in die Rippen und zog sie weg. Weit weg.

Ein mächtiges Gebrüll kam der klugscheißerischen Äußerung zuvor, die Karen vermutlich auf der Zunge lag. Die Zuschauer sprangen auf. Unwillkürlich schaute auch Kaya hinunter und beobachtete, wie der Löwe und der Grizzly als wildes Gewirr von Fell und Reißzähnen aufeinander losgingen.

Der Grizzly heulte vor Schmerz auf, als der Löwe vier parallele Linien in seinen Rücken kratzte und zurücksprang.

„Oha. Kämpfen sie bis zum Tod?"

„Nein", antwortete Karen allzu beiläufig. „Nicht in dieser Runde."

Kaya bohrte die Finger in die Naht ihrer Sitzpolsterung. Mist. In welcher Runde würde Trey drankommen?

Sie schaute weg, als sich der Löwe an den taumelnden Grizzly anpirschte.

Die Menge jubelte. Der Grizzly stöhnte. Der Löwe brüllte triumphierend. Kaya rechnete mit einem schnellen Tod des Bären. Dann jedoch ertönte ein schriller Pfiff, und eine Gruppe von Wächtern rückte an, um die Kämpfer voneinander zu trennen. Ein Teil der Menge johlte, der Rest applaudierte und schaute in Programmhefte.

„Wer ist als Nächster dran?", wollte eine Frau in einem glitzernden Kleid von dem glatzköpfigen Mann an ihrer Seite wissen.

Kayas Herz pochte wild, doch so sehr sie die Ohren spitzte, sie konnte die Antwort nicht verstehen.

Zwei schwere Holztüren schwangen auf einer Seite der Arena auf und knallten laut gegen die Wand. Ein Team von Tierbändigern scheuchte den Löwen hinaus. Die Menge buhte, gierte nach mehr Action. Eine andere Gruppe kümmerte sich um den verletzten Grizzly. Als er hinausgetragen wurde, erhaschte Kaya einen flüchtigen Blick auf ein Dutzend verkniffener Gesichter in den Katakomben. Die nächsten Kämpfer, die auf ihre Runde warteten?

„Wo kommen die alle her?"

Igor schmunzelte. „Manche melden sich freiwillig. Andere... Nun, sagen wir einfach, andere werden überredet."

Sie dachte an die beiden Kopfgeldjäger zurück, die Trey eine Droge in den Drink gemischt hatten, und ihr Blut geriet in Wallung. Da hatte sie ihn vor den Gruben gerettet, und nun war er trotzdem darin gelandet. Freiwillig, um ihre Schwester und sie zu retten.

Gott, was für eine Ironie.

Ein Funke entwich zwischen ihren Lippen hervor, und sie wäre vor Überraschung beinah zurückgesprungen. Igor hatte sich weggedreht, also versuchte sie es erneut. Sie ballte alle Wut in ihr in einem einzigen Atemzug und schnaubte.

Eine fünfzehn Zentimeter lange Flamme schoss aus ihrem Mund. Sie konnte sie gerade noch dämpfen, bevor sich Igor umdrehte und die Nase rümpfte. „Raucht hier jemand?"

„Spinnst du?", flüsterte Karen und packte sie am Ellbogen.

Kaya erbleichte ein wenig. So viel Feuer hatte sie noch nie in ihrem Leben hervorgebracht. Während der nächsten drei Kämpfe spukten ihr wilde Ideen durch den Kopf.

Dann verkündete der Ansager dröhnend: „Meine Damen und Herren, das *Scarlet Palace* ist stolz, den größten Kämpfer von allen zu präsentieren."

Gespannte Gesichter starrten in die Arena, als ein Scheinwerfer von Torbogen zu Torbogen schwenkte und die Spannung steigerte. Aus welchem Tor würde der nächste Kämpfer kommen?

„In hundertdreißig Kämpfen unbesiegt..."

Kaya bekam große Augen. In *wie vielen* Kämpfen unbesiegt?

„Unbeeindruckt, ungeschlagen, unbezwingbar!"

Die Menge johlte vor Begeisterung.

„Der unvergleichliche, der einzigartige..."

Einen Moment lang wurde es geradezu unheimlich still, bis der Ansager schließlich den Namen donnerte. „Kyrill!"

Kaya beobachtete, wie ein Hüne mit nacktem Oberkörper die Arena betrat und sein Schwert anhob.

Ein Schwert? Sie starrte Karen an. Was zum...

Kyrill drehte eine langsame Runde durch die Arena und begrüßte das Publikum, das in frenetischen Jubel ausbrach und mit den Füßen stampfte.

„Ky-rill! Ky-rill! Ky-rill!"

Selbst zwanzig Reihen höher konnte Kaya die Vibrationen im Boden spüren.

Eine Zeitmaschine hätte kein wahrhaftigeres Bild eines mächtigen Gladiators ausspucken können. Der Mann war gebaut wie ein Ochse und wirkte wie ein gut geöltes, überdimensionales Triebwerk, als er auf muskelbepackten Beinen durch die Arena stapfte. Sein Gesicht lag hinter einem Stahlvisier verborgen. Um seine Taille zeichnete sich ein blauer Gürtel ab. Eine Hand umklammerte den Knauf seines Schwerts, während die andere einen Schild hielt, so massiv, dass man ihn als Rammbock benutzen könnte. Weil er einen verzierten Helm trug, musste er sich ducken, um durch den zweieinhalb Meter hohen Eingang der Arena zu passen.

Kaya glotzte hin. „Ein Gladiator?"

„Der Thraker!", rief ein Zuschauer und zeigte auf eine Seite im Programmheft, auf der verschiedene Kämpfertypen abgebildet waren.

Frauen kreischten. Männer murmelten Statistiken. Und ein älterer Gestaltwandler nicht allzu weit von Kayas Platz entfernt – der Statur und dem Geruch nach ein Igelgestaltwandler – schüttelte den Kopf.

„Ich möchte nicht der arme Tropf sein, der heute Abend gegen ihn kämpfen muss."

Wie auf ein Stichwort begann der Ansager mit der zweiten Ankündigung. „Und nun präsentiert das *Scarlet Palace* den heutigen Gegner von Kyrill."

Die Menge pfiff und applaudierte. Einige Zuschauer lachten sogar.

„Unser größter Neuzugang in den Gruben..."

Kaya entdeckte auf der gegenüberliegenden Seite der Arena Roric, der sich in einer anderen VIP-Loge vorbeugte.

„Er ist fies, er ist schlank, er ist bereit für den Kampf", rief der Ansager überschwänglich.

Igor lächelte süffisant und schaute in Kayas Richtung.

„Der fieseste, wildeste Wolf des Westens..."

Kaya faltete die Hände und hielt den Atem an.

„Black Fang!", brüllte der Ansager.

Die Menge tobte und Kaya sprang zittrig auf, als sie sah, wie der schlankste, dunkelste Wolf, den sie je gesehen hatte, den Ring betrat.

Kapitel 12

Trey knirschte mit den Zähnen und beobachtete, wie sein Gegner großspurig herumstolzierte.

„Verwandle dich." Ein großer, stämmiger Kerl hinter den Türen schnippte mit den Fingern in seine Richtung, bevor ein anderer „Showtime!" rief und das Tor aufstieß.

Es stank nach Bier, Pisse und Blut, was nur noch schlimmer wurde, als sich Trey in Wolfsgestalt verwandelte. Es ging ihm so mühelos von der Hand, als streifte er einen Umhang ab oder drehte sich um. Den ganzen Abend hatte er seinen Wolf in Erwartung dieses Moments kaum im Zaum zu halten vermocht.

Des Moments, in dem er um ihrer aller Leben kämpfen würde.

„Und bleib verwandelt, hörst du?", rief der Aufpasser, als Trey hinaus in die Arena trat.

„Viel Glück, du armer Trottel", raunte ein arroganter Löwe, der Sieger des letzten Kampfs beim Verlassen des Runds. Dann wurden die Türen hinter Trey zugeschlagen. Die Zuschauer beugten sich vor und verlangten johlend nach Blut.

Trey spähte hinauf und versuchte, Kaya zu finden, entdeckte jedoch nur die hässliche Fratze eines Wasserspeiers, der vom oberen Rand der Arena auf ihn herabstarrte. Weitere Statuen säumten das Rund, und es ließ sich nicht abschätzen, welche davon zum Leben erwachen und ihm in den Rücken fallen könnten.

Der Wasserspeier öffnete ein Auge einen Spalt, lachte leise und hauchte nach Knoblauch stinkenden Atem in Treys Richtung. „Mach dich bereit zum Sterben."

Trey verzog das Gesicht zu einer Grimasse und trat weiter in den Ring. Eins nach dem anderen, richtig? Eins nach dem anderen.

So gern er Kaya gesichtet hätte, um aus ihren tiefen, leuchtenden Augen zusätzliche Kraft zu schöpfen, im Moment gab es Wichtigeres. Er musste sich auf seinen Gegner konzentrieren und es einen Schritt nach dem anderen angehen.

Das bedeutete, er musste kühlen Kopf bewahren und auf Sicherheit setzen. Das Einzige, was er an diesem Abend beweisen musste, war, dass er überleben konnte. Nein, mehr als überleben – er musste gewinnen.

Mit zu Schlitzen verengten Augen heftete er den Blick auf den Gladiator und blendete die Ränder der Umgebung aus, bis sich seine gesamte Welt auf diesen Mann beschränkte. Er begann seine Musterung bei den breiten, in Sandalen steckenden Füßen und ließ den Blick über dicke Oberschenkel zu einem lächerlichen Lendenschurz wandern. Darüber folgten kantige Bauchmuskeln und eine fassbreite Brust, von der Trey hinter jenem blauen Schild und der funkelnden Klinge des Schwerts gar nicht alles erkennen konnte. Der Mann trug ein Stahlvisier und den Helm eines römischen Zenturios.

Gott, war der Kerl direkt den Seiten eines Geschichtsbuchs entsprungen?

Grinsend blickte der Hüne auf Trey herab – oder vielmehr auf Trey in Wolfsgestalt. Verdammt, er würde auch auf Trey in menschlicher Gestalt herabschauen, weil Kyrill in jeder Hinsicht riesig war. Kein Gestaltwandler, nur ein kolossaler Mistkerl, der so schnell heilte wie einer. Trey hatte gesehen, wie sich der Mann vorhin die eigene Handfläche aufgeschlitzt hatte, um die Schneide seines Schwerts zu testen, und die Haut hatte sich fast augenblicklich wieder geschlossen.

Großartig. Einfach nur großartig. Ein voll bewaffneter Gladiator mit Selbstheilungskräften. Warum konnte ihm nicht der begriffsstutzige Elchgestaltwandler als Gegner zugelost werden, an dem er unterwegs vorbeigekommen war?

Ein Blick ins jubelnde Publikum verriet ihm den Grund. Irgendwo dort oben befand sich Igor mit zwei Drachendamen, denen ein schlimmeres Los als der Tod drohte, wenn Trey nicht ablieferte.

Der Gladiator drehte das Schwert, zeigte die funkelnde Klinge.

Trey umkreiste ihn knurrend nach rechts.

„Lasst den Kampf beginnen!", rief der Ansager, und die Menge jubelte.

Der Gladiator stand regungslos wartend da.

Und wenn schon. Auch Trey konnte warten. Er drehte eine halbe Runde, bewegte sich zurück, prüfte den Sand und nahm die Ausgänge unter die Lupe. Alle waren verschlossen. Dahinter schimmerten Dutzende interessierte Augenpaare der Leute, die in diesem Irrenhaus hinter den Kulissen arbeiteten. Er fragte sich, wer sie sein mochten. Gestaltwandelnde Klapperschlangen? Vielleicht Wertruthähne? Auf dem Weg durch die Katakomben hatte er mehr Gestaltwandlerarten als je zuvor im Leben gesehen.

Aber er wollte nur unbedingt Kaya noch einmal sehen. Ach was, er wollte sie viel öfter als einmal sehen.

Der Gladiator klopfte mit dem Griff des Schwert an die Kante seines Schilds. „Hierher, Hündchen. Komm und hol's dir."

Komm du doch und hol's dir, Arschloch, gab Trey in Form eines Knurrens zurück.

Er konnte hinter dem ausdruckslosen Visier die Krümmung des Munds seines Gegners erkennen – der Gladiator grinste, trat vor und schwang das Schwert in einer Achterbewegung.

„Hierher, Hündchen."

Trey bleckte die Zähne und versuchte, sich zu konzentrieren. Die Armspanne des Hünen war derart groß, dass man kaum das schwingende Schwert und den ausgestreckten Schild gleichzeitig im Auge behalten konnte. Was vermutlich beabsichtigt war.

Knurrend verharrte Trey. Je näher der Koloss kam, desto weniger konnte Trey aus den Augenwinkeln erfassen. Er konzentrierte sich auf die Schultern seines Gegners, von wo Bewegungen ausgehen würden.

„Hierher, Hündchen..."

Der Gladiator fuchtelte mit dem Schwert, dann schwang er den Schild wie einen Rammbock. *Wusch!* Der Schild zischte nur

Zentimeter vor Treys Nase durch die Luft. Er sprang zurück, dann nach links, weil als Nächstes das Schwert folgte.

Die Menge brach in Jubel aus, und Hunderte Füße stampften im Gleichklang auf den Boden. Dazu wurde ein Name gebrüllt.

„Ky-rill! Ky-rill!"

„Trey!"

Sein Kopf wirbelte herum, weil er selbst inmitten des Chaos Kayas Stimme hören konnte. Vielleicht auch nur im Kopf, in dem der Laut vielfach nachhallte.

Als der Gladiator vorrückte, musterte Trey ihn. Einen Arm schützte ein langer Lederhandschuh, der andere hingegen war nackt. Das war der Schwachpunkt, auf den er zielen musste. Darauf und auf den ungeschützten Bauch und Rücken. Aber wie zum Teufel sollte er je so nah an den Riesen herangelangen?

Der Gladiator versuchte es erneut mit demselben Trick. Weit ausgebreitete Arme, schwingende Waffen, höhnische Rufe. Am Rande registrierte Trey, dass sein Gegner Linkshänder war, und merkte es sich. Der Hüne täuschte mit dem Schwert an, stieß mit dem Schild vor und...

Trey stürmte mit perfektem Timing vor und krallte über den ungeschützten Arm des Mannes, bevor er zurücksprang.

Der Gladiator brüllte auf, mehr vor Wut als vor Schmerz, und Trey vermutete, dass er an diesem Abend keinen weiteren so einfachen Treffer landen würde.

Wilde Augen leuchteten hinter dem Visier hervor.

Die Kämpfer umkreisten sich gegenseitig, ignorierten die Anfeuerungsrufe der Menge. Der Gladiator ließ das Schwert durch die Luft zischen und rückte wieder vor. *Diesmal stirbst du.*

Trey wartete in geduckter Haltung. Offenbar wiederholte der Gladiator immer dieselben Manöver, und früher oder später...

Plötzlich stürmte der Riese im Laufschritt an und schwenkte das Schwert. Von wegen ständig dasselbe. Trey lehnte sich nach links. Zu spät bemerkte er, wie der Hüne die Schulter senkte. Der Schild ging runter, das Schwert hoch, und...

Trey taumelte weg, als er sengende Hitze an der Stirn spürte. Etwas Klebriges tropfte auf sein Ohr herab, als er den Kopf schüttelte und sich sammelte.

Blut. Er leckte sich die Lippen und knurrte.

Hinter dem Visier des Gladiators zeigten sich Zähne.

Trey trabte durch den Ring und versuchte, den ungeschützten Rücken des Riesen zu erreichen, jedoch vergeblich. Der Gladiator kannte das Umfeld zu gut, war für jeden Trick gewappnet. Trey hingegen hatte immer nur wilde Wolfskämpfe bestritten, bei denen es Zähne gegen Zähne und Gerissenheit gegen Gerissenheit geheißen hatte. Diesmal hatte er es mit Stahl und hartem Holz zu tun.

Der Gladiator senkte das Schwert, richtete es auf Trey und rückte wieder an. Trey ließ ihn kommen, hielt Ausschau nach einer Gelegenheit. Wenn er den Koloss nur im exakt richtigen Moment erwischen könnte...

Der Gladiator benutzte erneut den Schild für den Angriff, führte einen schwungvollen, abwärts gerichteten Hieb damit aus. Trey dachte, er wäre vorbereitet, doch diesmal benutzte sein Gegner den Schild gleichzeitig wie eine Ramme. Mit einem harten Schlag gegen die Rippen ging Trey zu Boden. Der Gladiator setzte schneller nach, als seine Masse vermuten ließ, und schwang das Schwert. Trey rollte sich weg und entging um Haaresbreite der durch die Luft pfeifenden Klinge.

Die Menge johlte und jubelte. Brüllend startete Trey einen Gegenangriff, sprang dem Gladiator auf den Rücken und schlug die Zähne in eine Schulter. Die falsche, wie sich herausstellte, denn sie war mit mehreren Schichten Leder gepanzert. Obwohl er die Zähne so tief hineinbohrte, wie es ging, brachte er die Haut kaum zum Bluten.

Der Gladiator atmete so scharf ein, dass Trey spürte, wie sein Körper angehoben wurde. Er krallte über den ungeschützten Rücken des Hünen, ohne damit Wirkung zu erzielen. Der Gladiator wirbelte herum und schüttelte Trey ab. Er flog durch die Luft und landete mit einem harten Aufprall an einem der Steinbogen. Wie betäubt verharrte Trey kurz, während funkelnde Sternchen seinen Kopf umkreisten, und...

Scheiße! Den Bruchteil einer Sekunde vor dem Einschlag der herabsausenden Klinge sprang er aus dem Weg. Mit einem zornigen Klirren prallte das Schwert von Stein ab.

Sofort setzte der Gladiator mit dem Schild in der rechten Hand nach. Die harte Metallkante traf Trey in die Rippen und presste ihm die Luft aus der Lunge, als er wegrollte. Er rollte und rollte, denn etwas anderes fiel ihm nicht ein. Nur weg. Einfach nur weg.

Trey!

Am Rande fragte er sich, ob es gut oder schlecht war, dass er Kaya im Kopf hörte. Gut, weil es bedeutete, dass sie in der Nähe sein musste. Schlecht, weil es vielleicht das letzte Mal war?

Trey rollte weiter, bis er mit dem Bauch voraus gegen den Sockel einer in die Mauer eingebauten Säule stieß und sich mühsam auf die Füße rappelte. Der Gladiator stürmte an, nutzte jeden noch so kleinen Vorteil mit einer wilden Abfolge von Hieben. Trey duckte sich knapp unter der heransausenden Schildkante und dem Arm des Gladiators hindurch.

Er rannte zur anderen Seite der Arena und blieb dort stehen, litt schwer atmend Schmerzen und fragte sich, wie er diesen Kampf je gewinnen sollte. Der Gladiator drehte sich um und rückte vor, konnte es sichtlich kaum erwarten, die Eingeweide des Wolfs über die Arena zu verteilen.

Auch Trey wollte den Kampf schleunigst beenden, vorzugsweise jedoch nicht so. Tatsächlich durfte er nicht auf diese Weise enden. Er schüttelte so heftig sein Fell, dass seine Zähne klapperten, als er versuchte, klaren Kopf zu bekommen.

Trey, rief Kaya. Diesmal nahm er es als trauriges, geradezu verzweifeltes Flüstern wahr, als glaubte sie nicht, dass er den Sieg davontragen könnte.

„Schnapp ihn dir!", feuerte ein Zuschauer den Gladiator an.

Gott, was schmerzten Treys Rippen.

„Mach ihn fertig!", rief von oben eine Stimme, die sich verdächtig wie die von Roric anhörte.

Blut aus einer Wunde, die Trey nicht von all den anderen unterscheiden konnte, lief ihm über die Stirn und brennend ins Auge.

„Ky-rill! Ky-rill!"

Die Arena tobte, doch Trey nahm es nur als entferntes Rau-
nen wahr. Sein Hinterbein knickte unter seinem Körper ein,
und er zuckte zusammen.

Trey! Nein, Trey…

Blinzelnd blickte er auf seine Vorderbeine hinab. Und zählte
vier, weil er doppelt sah.

Trey! rief Kaya in einem völlig neuen Ton. *Steh auf! Steh
sofort auf!*

Wusste sie nicht, wie müde er war? Wusste sie nicht, welche
Schmerzen er litt?

Du schaffst das!

Noch nie hatte er sie so wild gehört. So überzeugt.

Auf die Beine, verdammt noch mal, Wolf!

Bei dem Befehl rappelte er sich knurrend auf. Unter keinen
Umständen würde er sie im Stich lassen. Auf keinen Fall würde
er diesen Kampf verlieren.

Trey senkte den Kopf, als der Gladiator anstürmte. Er hielt
den Atem an und forderte seine brüllenden Rippen auf, die
Klappe zu halten, damit er sich zur Abwechslung konzentrieren konnte. Er kniff die Augen zusammen, verdrängte alles am
Rand des Sichtfelds, bis er einen Tunnelblick auf seinen Gegner
gerichtet hatte. Dann zählte er die Hundertstelsekunden, denn
sein Timing musste erstklassig sein.

Tatsächlich eher perfekt. Es musste perfekt sein.

Der Gladiator rückte mit dem Schild voraus an wie noch
jedes Mal zuvor. Trey lauerte in geduckter Haltung auf seine
Chance. Nur der Bruchteil einer Sekunde würden zwischen dem
Schwingen des Schilds und dem Herabsausen des erhobenen
Schwerts vergehen.

Da! Trey stürzte auf die Brust des Gladiators zu und legte
die Ohren an, um durch den winzigen entstehenden Spalt zu
schlüpfen. Der eine Öffnung in der Zeit zu sein schien, denn
auf einmal fühlte es sich an, als liefe alles langsamer ab. Er
konnte spüren, wie das Blut durch seine Adern rauschte und
wie der Gladiator vor Überraschung nach Luft schnappte, was
sich über mehrere langsame Herzschläge hinzog. Trey gelang-
te nah an seinen Gegner heran, zu nah für den Schild oder

das Schwert. Und jede Bewegung lief in Superzeitlupe ab. Mit gebleckten Zähnen streckte er sich nach dem Hals des Gladiators. Er streckte sich und streckte sich, überwand Millimeter für Millimeter den Abstand, der ihn von seinem Feind trennte.

Der Geschmack von Leder breitete sich in seinem Mund aus, als er dem Hünen den Nackenschutz vom Helm riss. Im selben Moment traf ihn der Knauf des Schwerts in die Rippen. Funken sprühten in seiner Sicht, doch es spielte keine Rolle mehr. Es zählte nur noch der schweißnass glänzende, entblößte Hals des Gladiators. Trey krallte an der Brust des Hünen und ignorierte den Schwertknauf, der auf seine Seite hämmerte. Der Gladiator wehrte sich verzweifelt.

Trey griff verzweifelt an. Er schloss die Augen und schlug die Zähne in das nachgiebige Fleisch. Warmes, süßes Blut floss in seinen Mund, und die Welt neigte sich, als der Gladiator nach hinten kippte und Trey abzuschütteln versuchte.

Das Hämmern gegen seine Seite dauerte an, als klopfte ein wild entschlossener Besucher an die Tür zu seinem Geist. *Bist du noch nicht tot?* fragte das Klopfen. *Bist du noch nicht bereit, aufzugeben?*

Trey presste die Kiefer fester zusammen und gelobte sich, auf keinen Fall loszulassen, ganz gleich, was passierte. Es spielte keine Rolle, ob der Gladiator ihn zu Tode prügelte, solange Kaya frei kommen würde.

Als die Schmerzen ihn zu überwältigen drohten, errichtete er eine mentale Mauer aus tausend Visionen von Kaya. Ihr kastanienbraunes Haar, ausgebreitet auf einem Kissen. Ihre geblähten Wangen, als sie draußen in der Wüste darauf bestanden hatte, dass der Jaguar ihr gehörte. Ihre über seinen Rücken streichenden Finger...

Wenn er schon sterben musste, dann zu solchen Bildern, verdammt.

Alles wurde so düster, hohl und still, dass er nicht mehr wusste, wo er sich befand. Er bekam nur mit, dass die Gestalt unter seinem Körper sehr, sehr still geworden war. Das Tosen in seinen Ohren schwoll an wie das Geräusch eines über Gleise heranrasenden Güterzugs. Mit Volldampf auf ihn zu?

Vorsichtshalber ließ er sich auf die Seite fallen. Matt rollte er sich ab und versuchte, seine Beine zu koordinieren. Irgendwie fühlte es sich ungemein wichtig an, sich aufzurappeln.

Komm schon, Trey, du schaffest es!

Tja, wenn Kaya es für wichtig hielt, wollte er es versuchen, auch wenn er nicht geradeaus sehen konnte.

Um den Kampf zu gewinnen, musst du auf den Beinen sein. Steh auf! Es zählt nicht, wenn du nicht aufrecht stehst.

Ihre Stimme schlug in einen Schmerzensschrei um, der bei Trey tausend innere Alarme auslöste. Als er in Kayas Gedanken eindrang, spürte er, wie sich Igors Fingernägel in ihren Arm bohrten und versuchten, sie zum Schweigen zu bringen.

„Halt die Klappe!", zischte der Vampir sie an. Trey hörte es klar und deutlich.

Er holte tief Luft und hievte sich auf die Beine. Dann schüttelte er sich und blinzelte das Brennen in den Augen weg. Verzweifelt starrte er ins grelle Scheinwerferlicht, bis der Ansager brüllte: „Der Sieger! Black Fang gewinnt!"

Die Menge brach in ohrenbetäubenden Jubel aus. Trey erschlaffte und kippte seitwärts auf den Sand. Aber es spielte keine Rolle mehr, weil er gewonnen hatte. Der Gladiator lag röchelnd irgendwo in der Nähe, nicht ganz tot, aber besiegt.

Du hast es geschafft! jubelte Kaya.

Trey schloss die Augen und grinste, denn er konnte spüren, wie sie ihn anlächelte. Er öffnete sogar ein Auge einen Spalt in der Hoffnung, er könnte einen flüchtigen Blick auf ihr Gesicht erhaschen.

Etwas lachte gackernd direkt über seinem Körper, und das Blut gefror ihm in den Adern, denn Kaya lachte nicht gackernd. Er zwang sich, das zweites Lid zu öffnen und konzentrierte sich darauf, was es war.

Dann schnappte er nach Luft, weil Kaya auch keine Hakennase und keine riesigen, schiefen Zähne hatte.

Wasserspeier schon.

„Mach dich bereit zum Sterben", raunte der drei Meter über seinem Körper schwebende Wasserspeier knurrend, bevor er auf ihn herabstürzte.

Kapitel 13

Kaya kreischte, während sie das Geschehen beobachtete. In Gedanken spulte sie alles ein paar Sekunden zurück und versuchte, es zu begreifen.

Trey mühte sich auf die Beine, um sich den Sieg zu sichern.

Kaya ließ einige Sekunden weiterlaufen, dann hielt sie das Geschehen an. Trey brach wieder auf den Boden zusammen, nachdem der Ansager ihn zum Sieger erklärt hatte.

Und dann der Wasserspeier, der sich von einer Marmorsäule löste.

Ihr fiel die Kinnlade runter, als das Monster die Klauen ausfuhr und zum Angriff ansetzte. Ihr Ohr zuckte, als sie Igors triumphierendes Lachen hörte.

Als ihr Kopf zu dem Vampir an ihrer Seite herumwirbelte, sah sie, wie er einen zweiten Wasserspeier mit einer Geste von seinem Platz auf einer Säule zum Angriff beorderte.

Das Blut toste durch ihre Adern, als sie aufsprang.

Karen stürzte sich auf den Vampir und schlug mit beiden Fäusten auf ihn ein. „Du Betrüger! Du Schwindler! Du Drecksack!"

Kaya starrte hin. Trey hatte fair gewonnen, wenn auch mit Ach und Krach. Und jetzt das?

Raserei schwappte durch sie wie eine unaufhaltsame Sturmwelle, und sie schrie auf. „Nein!"

Eine zwei Meter lange Flamme schoss aus ihrem Mund, und jemand kreischte.

„Feuer! Feuer!"

Wild schüttelte sie den Kopf und entfesselte einen weiteren Feuerschwall.

„Heilige Scheiße", murmelte Karen und starrte mit großen Augen auf die Drachenschnauze, die aus Kayas Gesicht wuchs. Dann grinste sie. „Los, Kaya! Weiter!"

Kaya nahm kaum wahr, wie die Flügel ihr Oberteil zerrissen oder sich ledrige Haut wie eine Rüstung über ihren Körper ausbreitete. Sie spürte kaum, wie ihr Schwanz ausfuhr, als sie auf das Geländer der VIP-Loge stieg und sie sich davon abstieß.

Die abgestandene Luft in der Arena rauschte unter ihren Flügeln hindurch, als sie hinunter zum Kampfring raste und den Wasserspeier ins Visier nahm, der sich auf Trey stürzen wollte.

Noch nie zuvor in ihrem Leben hatte sie mehr als ein paar Funken zustande gebracht, nun jedoch spie sie Feuer wie ein Wasserfall. Und, verdammt, fühlte es sich gut an. Bestärkend. Kraftvoll. Sie entfesselte eine weitere lange Flamme, als sie die Flügel zum Sturzflug anlegte und alles auf ihrem Weg versengte. Auch den Wasserspeier, der mit entsetztem Blick den Kopf drehte, bevor er zur Seite wirbelte, um ihr auszuweichen.

Wusch! Ein weiterer kräftiger Atemstoß verwandelte den Wasserspeier in einen fliegenden, durch die Luft trudelnden Feuerball.

Kaya riss den Kopf gerade noch rechtzeitig hoch und schnippte mit dem Schwanz, um nicht mit voller Wucht gegen Trey zu prallen, der verwirrt blinzelnd auf dem Sand lag.

Halte durch! drängte sie ihn. *Halt durch!*

Sie flog die engste Linkskurve ihres Lebens und brüllte den zweiten Wasserspeier an, der sich hastig davonmachte. Er stieg auf und auf, bevor er wendete und in einen abwärts gerichteten Spiralflug überging.

Der kleine Penner dachte wohl, er könnte engere Kurven fliegen als sie, was? Als er den Sturzflug nur Zentimeter über dem Boden beendete, fegte sie direkt hinter ihm her und wirbelte mit den Flügelspitzen kleine Sandwölkchen auf. Dem Mistkerl würde sie es zeigen...

Als sie brüllte, umhüllten sengende Flammen den Wasserspeier und ließen ihn abstürzen.

Sie peitschte mit dem Schwanz, während sie sich umsah. Zwei erledigt. Wie viele noch?

Weitere Wasserspeier schwirrten um sie herum wie zornige Hornissen. Im Publikum war heilloses Chaos ausgebrochen, und die Zuschauer rannten zu den Ausgängen.

„Feuer! Feuer!"

„Oh mein Gott, ein Elektrobrand!", schrie eine Frau und deutete auf die Scheinwerfer.

Von wegen Elektrobrand. Kaya schoss eine lange, knisternde Flamme in Richtung der Kontrollkabine der Hexen hoch über der Arena. Drei faltige Gesichter erstarrten vor Schreck und hechteten dann außer Sicht.

Drittklassige Hexen, dachte Kaya mit einem Schnauben und wandte sich wieder dem Ring zu.

Menschen drängten nach wie vor zu den Ausgängen, während die Gestaltwandler im Publikum mit offenen Mündern beobachteten, wie Kaya an ihnen vorbeiraste. Alle bis auf einen Igelgestaltwandler, der sie anfeuerte.

Auch Kaya hätte beinah gejubelt. Noch nie hatte sie sich so lebendig gefühlt. Und sie war noch nie so in Einklang mit der jahrhundertealten Drachenheit gewesen, deren Geister ihr über die Schulter zu schauen und zu applaudieren schienen. Sie beherrschte es! Sie konnte Feuer speien!

Es war genau, wie ihr Großvater vor so langer Zeit gesagt hatte. In Gedanken hörte sie seine kratzige alte Stimme.

Feuer wird nicht durch Gier oder Verlangen entfacht. Feuer entsteht durch Liebe und wahre Überzeugung...

Ihr Blick fiel auf Trey, der ausgestreckt auf dem Boden lag. Da schien sich ihr Blut zu verdichten, und ihre Seele jubilierte. Ja, mittlerweile konnte sie glauben. Sie glaubte an ihn – und verspürte die felsenfeste Überzeugung, dass er es war. Ihr vom Schicksal auserkorener Gefährte.

Für den Bruchteil einer Sekunde ließ sie sich von der Erkenntnis zusätzlichen Ansporn verleihen, bevor sie die volle Aufmerksamkeit abrupt wieder dem Kampfgeschehen widmete. Drei Wasserspeier rasten in einer V-Formation auf sie zu, und sie scherte nach rechts aus. Zuerst rollte sie sich ab, dann flog sie eine Kurve und stieg höher und höher. Schließlich entfernte sie sich mit einem klassischen Immelmann aus dem Gefahrenbereich. Sie warf jedes Luftkampfmanöver ins

Gefecht, das ihr Großvater ihr beigebracht hatte, dazu noch einige eigene, die sie spontan erfand. Dann tauchte sie eine Flügelspitze in eine Ansammlung warmer Luft, wirbelte herum und überrumpelte zwei der drei Wasserspeier. Flammen leckten über Kayas Lippen, als sie Feuer spie. Die Wasserspeier kreischten und gerieten in Brand. Mit einem schnellen Flügelschlag bekam sie den dritten ins Visier und...

Wusch! Eine riesige, orangefarbene Flamme erfasste ihn und schleuderte ihn zu Boden.

Kaya brüllte triumphierend und spie Feuer empor wie eine Fontäne aus Rot, Orange und Gelb. Dann sah sie sich um. Die verbliebenen Wasserspeier flohen zurück zu ihren Plätzen und verwandelten sich wieder in Stein. Ein hämmernder Disco-Rhythmus pulsierte durch die Luft, als ein DJ verspätet versuchte, der Szene einen Anstrich von Normalität zu verleihen. Roric, der Alpha des Westend Rudels, streckte den Kopf aus seinem Versteck unter einem Stuhl hervor.

Karen schüttelte Igors Arm ab und grinste. „*Hasta luego*, Arschloch." Sie wischte sich die Hände ab und steuerte auf die Treppe zu.

Kaya schlang die Flügel um den Körper, drehte sich schnell vollständig im Kreis, um sich zu vergewissern, dass die Gefahr gebannt war, und landete dann an Treys Seite.

Hey! übermittelte sie ihm und behielt wachsam die nächstgelegenen Türen im Auge. *Geht's dir gut?*

Die Antwort ließ so lange auf sich warten, dass sie am liebsten geschrien hätte. Dann drang ein mattes Murmeln an ihre Ohren, und Trey rollte sich keuchend auf den Bauch.

Bestens, ertönte eine gequälte Stimme in ihrem Kopf. *Perfekt. Großartig.* Stöhnend rappelte er sich mühsam auf.

Auch der Gladiator, der in der Nähe in einer Blutlache lag, stöhnte leise. Kaya konnte kaum glauben, dass er noch lebte. Sollte sie ihm den Rest geben? Oder Gnade walten lassen?

Sie fletschte die Zähne, und der Gladiator ließ sich zurückplumpsen, stellte sich tot.

Kaya drehte sich dem nächsten Ausgang zu und brüllte mit ihrer besten Drachenstimme – einem kehligen Alt wie von einer Operndiva, die allzu gern Zigarren rauchte.

„Macht das Tor auf!"

Da ihr nur Schweigen antwortete, ließ sie den Worten einen Feuerball folgen, der sich um die Gitterstäbe herum teilte und den Tunnel dahinter flutete.

Aus dem Augenwinkel bekam sie mit, wie Karen von der untersten Sitzreihe sprang und anmutig im Sand der Arena landete.

„Ich kümmere mich um deinen Wolf. Übernimm du das Tor", rief ihre Schwester.

Mein Wolf, brummte Kayas innere Drachendame, bevor sie wieder brüllte. „Macht auf, oder ich brenne den ganzen Laden nieder!"

„Ich komme! Ich komme ja schon!", ertönte quiekend eine bange Stimme.

Eine Sekunde später knarrte das Tor auf den Angeln, und vier Füße wieselten hastig davon.

Kaya trat vorsichtig in den dunklen Tunnel. Zuerst schickte sie einen kleinen Feuerball wie einen Späher voraus, dann gab sie ihrer Schwester ein Zeichen, die Trey stützte.

„Verschwinden wir von hier."

„Ja", pflichtete Karen ihr mit reiner Erleichterung in der Stimme bei. „Schleunigst."

Epilog

Acht Stunden später...

Trey lehnte den Kopf gegen die zerfetzte Beifahrersitzkopfstütze im Jaguar, schloss die Augen und ließ sich von der Sonne das Gesicht wärmen. Kaya fuhr, und er war so weit zur Seite gerutscht, dass er den Schaltknüppel praktisch zwischen den Beinen hatte – so nah wie möglich bei Kaya, das war die Hauptsache. Er streichelte ihr zärtlich den Nacken, womit er ihr ein wohliges Brummen entlockte.

„Wie geht es dir?" Sie legte eine Hand auf seinen Oberschenkel.

Ein zartes Knistern durchfuhr ihn und jagte Erregung und Freude auf getrennten Wegen in die entferntesten Winkel seines Körpers, bis sie sich irgendwo in seiner Brust wieder vereinten, umschlangen und eine Weile glommen.

„Gut." Er legte die Hand auf ihre. „Wirklich, wirklich prima."

Tatsächlich hatte er sich schon lange nicht mehr so gut gefühlt. Ihn kümmerte nicht, dass sein Bein nach wie vor schmerzte und seine Rippen pochten. Nur Kaya zählte. Bei ihm. *Zusammen.*

Die Reifen summten über die Straße, der Wind fuhr ihm durchs Haar, und er lachte.

Kaya drehte sich ihm zu. „Was ist?"

Trey schüttelte den Kopf. „Vor ein paar Tagen habe es so cool gefunden, die Skyline von Las Vegas am Horizont auftauchen zu sehen." Er blickte in den Seitenspiegel. „Jetzt fühlt es sich verdammt gut an, sie zurückzulassen."

„Amen. Ich hab's nicht eilig damit, wieder herzukommen, so viel steht fest." Kaya legte bei den Worten die Stirn in Falten, und Trey wusste, dass sie gerade an ihre Schwester dachte.

„Bist du sicher, dass es für dich in Ordnung ist, Karen dort zu lassen?"

Kaya warf einen Blick über die Schulter und schüttelte den Kopf, als wäre die dreißig Kilometer zurückliegende Tankstelle, an der sie ausgestiegen war, noch in Sicht. „Sie hat darauf bestanden, also..."

Was verrückt war. Die ersten fünfzehn Kilometer der Fahrt nach Norden hatte Karen still auf dem Rücksitz gesessen. Fast zu still. Als sie kurze Zeit später an einer Tankstelle angehalten hatten, war sie ausgestiegen, hatte zum Horizont gestarrt und schließlich verkündet, sie müsste zurück nach Las Vegas.

„Du musst was?", hatte Kaya förmlich gekreischt.

Trey schüttelte beim Gedanken daran den Kopf.

Karen hatte auf ihre Füße geblickt. „Hör mal, ich bin echt dankbar, dass ihr mich von den Vampiren weggeholt habt, aber..."

„Aber was?"

„Es ist schwer zu erklären...", fuhr Karen fort.

Kaya stemmte die Hände in die Hüften. „Wir haben gerade beide den Hals riskiert, um dich da rauszuholen. Du hättest draufgehen können. *Trey* hätte draufgehen können." Finster sah sie ihre Schwester an und sprach mit einer knurrigen Stimme, die der ihrer Drachendame stark ähnelte. „Das solltest du besser erklären."

Karen warf Trey einen unsicheren Blick zu, dann zog sie Kaya außer Hörweite und begann, mit den Armen zu fuchteln und den Fingern zu schnippen, während sie redete.

Trey wusste nicht, worum es ging, aber am Ende hatte Kaya sie nicht mehr bedrängt, also hatte er es auch nicht getan.

„Schwör mir nur, dass du dich von Spielautomaten fernhältst", hatte Kaya schließlich verlangt und Karen in eine innige Umarmung gezogen.

„Ich schwöre es", hatte Karen versprochen. Ihre Stimme war dabei gedämpft von der Schulter ihrer Schwester ertönt.

Während Trey nun in den Spiegel schaute, drückte er Kayas Hand. „Meinst du, sie kommt klar?"

„Sollte sie besser", erwiderte sie mehr seufzend als knurrend.

Trey hoffte es schwer. Er für seinen Teil hatte von Las Vegas mehr als genug für ein Leben.

Und so fuhren nur Kaya und er in einem 1962er Jaguar nach Norden.

Ein Hinweisschild auf Reno fegte an ihnen vorbei. „Bist du in Versuchung?" Kaya sah ihn mit hochgezogener Augenbraue an.

Er schnaubte. „Nicht im Geringsten."

„Wirklich? So, wie du in Las Vegas gespielt hast, könntest du locker ein paar Tausender abstauben."

„Und mir noch mehr Ärger einhandeln." Er schüttelte den Kopf, bevor er sich ihre Knöchel an den Mund hob, um sie zu küssen. „Ich habe schon alles gewonnen, was ich brauche."

Kaya setzte ihr Lächeln eines Filmstars auf. „Du hast nur eins gewonnen."

„Das Beste überhaupt", erwiderte er und meinte es völlig ernst. Ein Hinweisschild einer Raststätte raste verschwommen vorbei, und Trey zeigte darauf. „Halt da an."

Sie warf ihm einen Blick zu. „Aber wir haben doch schon getankt..."

„Halt einfach an."

Sie blinkte, nahm die Ausfahrt und fuhr auf die Tankstelle zu.

„Hinten herum", murmelte er.

Sie fuhr in die Schatten hinter dem Gebäude, schaltete den Motor aus und drehte sich ihm zu. „Was..."

Er schnitt ihr das Wort mit einem Kuss ab und zog sie auf seinen Schoß. Kein einfaches Unterfangen auf den engen Vordersitzen des Roadsters, aber es gelang ihm, und sie schmiegte sich perfekt an seinen Körper. Zu perfekt, denn prompt kam sein Wolf wieder auf dumme Ideen.

Gute Ideen, widersprach das Tier knurrend. *Paaren zum Beispiel. Paaren. Sie dauerhaft zur unseren machen.*

„Bald", flüsterte er.

„Was bald?" Kaya küsste seine Stirn und kuschelte sich enger an ihn, schob sich rittlings auf ihn.

Er schmunzelte. „Bald wird dieser Wolf nicht mehr länger warten können."

„Ach ja?", neckte sie ihn. „Worauf denn?" Sie fuhr mit einem Finger über seinen Bauch und spielte mit dem Knopf seiner Jeans.

Er küsste ihren Hals... Leckte über die Stelle, die er bereits als perfekt geeignet ausgekundschaftet hatte... Knabberte ein wenig daran, bevor er an ihrer Haut flüsterte.

„Darauf, dich zur meinen zu machen."

Sie hob seinen Kopf an und sah ihm tief in die Augen. „Ich gehöre dir doch schon."

Als würde seine Härte nicht schon heftig genug gegen die Nähte seiner Jeans drängen.

„Ganz mein", stellte er klar und knabberte weiter. „Für immer."

„Lass mich mal sehen..." Sie strich mit den Händen über seine Schultern und seinen Rücken, massierte zart seine wunden Stellen. „Du beißt mich..."

„M-hm." Er nickte und hauchte Küsse auf ihren Hals. Gott, besaß sie weiche Haut.

„...gerade tief genug, dass ein wenig Blut fließt und wir Gefährten werden..."

Er fuhr mit der Nase die Sehnen an ihrem Hals nach. Verdammt, duftete sie herrlich.

„Und was genau schaut für mich dabei raus?"

Sie stellte die Frage verspielt, trotzdem schluckte Trey. Ja, was genau eigentlich? Sie würde für immer an ihn gebunden sein. An einen ramponierten Gestaltwandler, der recht gut Karten spielte, sich auf Viehdiebstahl verstand und lose Pläne hatte, eines Tages ein eigenes Haus zu besitzen. Na schön, vielleicht keine losen Pläne, aber ihm fehlte das Geld, um das nötige Land zu kaufen. Verdammt, was würde ihr eine Paarung wirklich bringen?

„Abgesehen von meinem Lieblingswolf, meine ich", fügte sie hinzu.

Sein Wolf wedelte mit dem Schwanz.

„Und abgesehen von fabelhaftem Sex." Sie verstärkte den Druck der Beine um seine Hüften.

Nun ja, so formuliert...

„Abgesehen von einem Mann, der mir das Gefühl gibt, die größte Belohnung überhaupt zu sein..."

Er arbeitete sich mit den Küssen ihre Kinnpartie entlang vor. „Du bist auch die größte Belohnung überhaupt."

„Abgesehen vom perfekten Gefährten für mich und von dem Leben, das ich immer wollte, auf einer kleinen Ranch in Wyoming", beendete sie ihre Aufzählung und lehnte die Stirn an seine. „Abgesehen von all dem, was schaut für mich heraus?"

„Na ja..." Seine Zunge geriet ins Stocken, weil seine Seele nach wie vor einen Freudentanz aufführte und er die Gedanken nicht sammeln konnte. „Wir müssen uns noch überlegen, wie wir an die Ranch in Wyoming kommen. Weißt du, das Geld ist nämlich weg."

In seinen Gedanken blitzte das Hinweisschild für Reno auf. Die Idee widerstrebte ihm zwar zutiefst, aber...

„Vergiss es." Als sie die Hand auf seine Wange legte, strahlte ihr Gesicht, als wäre das alles, was sie wirklich brauchte. „Die Hauptsache ist, dass wir einander haben."

Er wollte sich gerade auf diese herrlichen Lippen stürzen, als sie ein breites Grinsen aufsetzte. „Und hey, wir haben auch das Auto."

Er lachte. „Du magst diese Karre wirklich."

„Und ob." Sie lehnte sich zurück und drehte sich auf seinem Schoß herum. „Willst du wissen, warum?"

Er zog sie näher an sich, wollte den Körperkontakt noch nicht aufgeben, doch sie wich zurück und tastete nach etwas im Handschuhfach.

„Äh, weil das Auto deinem Großvater gehört und er es dir hinterlassen hat?"

Als sie sich ihm wieder zudrehte, hielt sie einen Briefumschlag hoch wie einen Lottoschein. „Willst du wissen, was er mir noch hinterlassen hat?"

Trey schürzte die Lippen und fragte sich, was der Umschlag enthalten mochte. Dauerkarten für die Sportveranstaltungen am örtlichen College? Eine geheimnisvolle Skizze, die den Weg zu einer alten, erschöpften Mine wies? Liebesbriefe an ihre Großmutter?

Sie holte ein Bündel Papier hervor und faltete es auseinander. Es handelte sich um lange, dicke Bögen mit verschnörkelter Schrift am oberen Rand und einem großen roten Siegel unten. Trey kniff die Augen zusammen und las den handgeschriebenen Text auf dem trockenen Pergament.

Grundbesitzurkunde?

Sie nickte. „Die Urkunde für ein Grundstück, das dem Onkel meines Großvaters gehört hat. Dreitausend Morgen, die direkt an das Wind River Gebirge grenzen. Das Land ist seit Generationen nicht mehr bestellt worden." Herausfordernd zog Kaya eine Augenbraue hoch.

Trey nahm ihr das Dokument aus der Hand und starrte darauf.

„Er hat es dir hinterlassen?"

„Er hat es mir hinterlassen. Na ja, Karen auch."

Sein Herz schlug ein wenig schneller. „Und du hattest vor..."

„Ich wollte dort eine Ranch aufbauen, sobald ich einen Geschäftspartner für den Betrieb gefunden hätte. Und da Karen nicht interessiert ist..."

Trey ergriff ihre Hände und sah ihr tief in die Augen. Ihm stockte der Atem, und er brachte keine Antwort zustande.

„Dort ist eine kleine Blockhütte an einem Gebirgsbach...", fuhr sie fort.

Das schwere Pergament der Urkunde und Kayas verträumter Tonfall ließen seine Fantasie im Galopp voranpreschen. Er wusste genug über den Betrieb einer Ranch, um die ersten Schritte hinzubekommen. Und seine Wissenslücken konnte seine Cousine füllen. Kaya und er könnten sich dort im bevorstehenden Winter verkriechen und über ihre Prioritäten nachdenken. Er hatte ein paar Ersparnisse, die ein Anfang wären. Im Frühling könnten sie richtig mit der Arbeit loslegen und...

„Also, was sagst du?" Auch Kaya schien den Atem anzuhalten.

Trey versuchte, den Kloß in seinem Hals mit einem Scherz zu umschiffen. „Denkst du, eine Drachendame und ein Wolf könnten lang genug miteinander auskommen, dass es funktionieren würde?"

Sie grinste. „Ich denke, eine Drachendame und ein Wolf sind genau, was dieser Ort braucht."

Er lächelte noch kurz, dann drückte er sie so fest an seine Brust, dass seine Rippen schmerzten. Aber egal. Im Augenblick zählte nur, sie an sich geschmiegt festzuhalten.

„Bist du sicher?", räumte er ihr mit leiser Stimme eine letzte Chance ein, es sich anders zu überlegen.

Sie lachte. „Ich bin mir noch nie im Leben über etwas sicherer gewesen, Wolf." Damit drückte sie die Lippen auf seine. Der Kuss übersprang rasch die Grenze von einem warmen Versprechen zu animalischer Begierde.

„Also...", murmelte sie direkt an seinen Lippen. „Lass uns da weitermachen, wo wir aufgehört haben."

Er fuhr mit den Händen an ihren Rippen hinauf. „Wo genau haben wir denn aufgehört?"

In seinem Kopf herrschte ein Durcheinander. Die guten Dinge hatten sich wie Weihnachtsgeschenke so hoch aufeinandergestapelt, dass sie unter keinen Baum mehr passten.

Sie neigte den Kopf zur Seite, eine unverhohlene Einladung. „Ich erinnere mich vage an etwas über einen Paarungsbiss..."

Sein innerer Wolf knurrte, während seine Eckzähne langsam ausfuhren.

„Hier? Jetzt?"

Sie öffnete den obersten Knopf seiner Jeans und schlüpfte aus ihren Shorts. „Vielleicht lebe ich ja gern gefährlich."

Er schnaubte. Eigentlich hatte er von Gefahr ja für eine Weile genug. Aber als sie die Hand in seine Boxershorts schob... Warum zum Teufel nicht?

Sie arbeiteten zusammen, um seine Jeans weit genug nach unten zu schieben und seine Erektion zu befreien. Dann pfählte sich Kaya langsam auf ihm, einen heißen, engen Zentimeter nach dem anderen.

Er warf sich zurück gegen die Kopfstütze, als er sich der Hitze hingab, die durch seine Adern raste.

„Trey..." Seufzend begann sie, sich auf ihm zu wiegen.

Er packte ihre Hüften und machte mit. Schnell verabschiedete sich der letzte bewusste Gedanke in seinem Kuss und wurde von Lust und Instinkten abgelöst.

Er verließ Las Vegas mit einer Drachendame, einem klassischen Jaguar und einer strahlenden Zukunft. Warum wohl war er nicht überrascht?

Sneak Peek: Bärenpoker

Eine Diamantendiebin verliebt sich in Las Vegas in einen strammen Sicherheitsleiter. Was könnte da schon schiefgehen?

Die Drachengestaltwandlerin Karen Proulx ist in Vegas auf der Jagd nach einem Diamanten, nicht nach einem Gefährten. Doch als sie den braunäugigen Bären ihrer Träume erblickt, ändert sich alles.

Der Bärengestaltwandler Tanner Lloyd ist mit der Mission unterwegs, seine Heimatstadt zu retten. Er hat definitiv keine Zeit für einen wilden Ritt mit der betörenden Frau, die seine Welt auf den Kopf stellt – und die obendrein als Todfeind seines Clans gilt. Aber wie soll er dem Ruf des Schicksals und der Anziehungskraft des Verlangens widerstehen?

Weitere Titel von Anna Lowe

Gestaltwandler in Vegas

Wolfspoker

Bärenpoker

Pantherpoker

Drachenpoker

Aloha Shifters - Juwelen des Herzens

Der Ruf des Drachen (Buch 1)

Der Ruf des Wolfes (Buch 2)

Der Ruf des Bären (Buch 3)

Der Ruf des Tigers (Buch 4)

Die Verlockung des Drachen (Buch 5)

Der Ruf des Fuchses (Buch 6)

Aloha Shifters - Perlen des Verlangens

Drachenrebell (Buch 1)

Bärenrebell (Buch 2)

Löwenrebell (Buch 3)

Wolfsrebell (Buch 4)

Rebellenherz (Buch 5)

Alpharebell (Buch 6)

Töchter des Feuers - Billionaires & Bodyguards

Töchter des Feuers: Paris (Buch 1)

Töchter des Feuers: London (Buch 2)

Töchter des Feuers: Rom (Buch 3)

Töchter des Feuers: Portugal (Buch 4)

Töchter des Feuers: Irland (Buch 5)

Töchter des Feuers: Schottland (Buch 6)

Töchter des Feuers: Venedig (Buch 7)

Töchter des Feuers: Griechenland (Buch 8)

Töchter des Feuers: Schweiz (Buch 9)

Die Wölfe der Twin Moon Ranch

Verlockung des Jägers (Buch 1)

Verlockung des Wolfes (Buch 2)

Verlockung des Mondes (Buch $2\frac{1}{2}$ – Vier Kurzgeschichten)

Verlockung des Alphas (Buch 3)

Verlockung der Wölfin (Buch 4)

Verlockung des Herzens (Buch 5)

Weihnachtsverlockung (Buch 6)

Verlockung der Rose (Buch 7)

Verlockung des Rebellen (Buch 8)

Verlockende Begierde (Buch 9)

Die Bären des Blue Moon Saloons

Perfekte Gefährten (die Vorgeschichte)

Verlangen des Bären (Buch 1)

Verlangen des Wolfes (Buch 2)

Verlangen des Alphas (Buch 3)

Verlangen des Gefährten (Buch 4)

Verlangen der Wölfin (Buch 5)

Süßes Verlangen (ein Festtagsschmaus)

Karibische Abenteuerromantik

Funken der Lust

Prickelndes Wagnis

Süße Verstrickung

Verlockende Tiefe

Sinnliche Strömung

Travel Romance

Im englischen Original bei Amazon erhältlich.

Veiled Fantasies

Island Fantasies

www.annalowe.de

Über Anna Lowe

USA Today und Amazon Bestseller Autorin Anna Lowe schreibt fesselnde Romane mit tatkräftigen Heldinnen und unwiderstehlichen Helden in exotischen Umgebung, mit jeder Menge Zündstoff für scharfe Romantik.

Sie liebt Hunde, Sport und Reisen, die auch die Inspiration für Ihre Bücher liefern. Wenn Anna nicht gerade in die Arbeit an ihrem nächsten Buch vertieft ist, kannst Du Sie am Wochenende beim Wandern in den Bergen antreffen. Egal wo und wie – sie wird den Tag mit einem leckeren Stück Zartbitterschokolade ausklingen lassen.

Einfach mal vorbeischauen, auf **www.annalowe.de**.

9 781958 597286